모든 고양이의
이름은 다 나비다

모든 고양이의
이름은 다 나비다

이은유 소설집

문학들

| 차례 |

밥 이야기 7
비파나무의 노래 35
바람의 말 61
모든 고양이의 이름은 다 나비다 87
백합 113
포르말린 139
다섯 손가락 사이로 지나는 바람 165
그 여자의 별자리 187

해설 스스로를 구원하기 김영삼 212
작가의 말 228

밥 이야기

어머니가 세상을 떠났다. 거의 한 세기를 살았던 어머니가 세상을 떠난 날은 일 년 전 십일월의 첫째 날이었다. 음력으로는 시월 초순이었고 화요일이었다. 내가 어렸을 때 이 무렵에는 무서리나 싸락눈이 내렸다. 하지만 지구의 기온이 일도나 오른 이십일 세기에는 늦가을이라 불렀다. 한반도 남쪽은 단풍이 한창이고 햇살이 아름답게 빛나는 시기였다. 거기다 아직 바람도 부드러웠다.

그날 나는 오랜만에 연두를 만났다. 두 달 만에 만난 우리는 노동에 지친 서로의 몰골을 거울처럼 바라보았다. 연두의 얼굴에는 다큐 영화촬영현장을 지켜본 고단함이 스크린처럼 드리워져 있었다. 나는 연두를 바라보며 내 얼굴을 떠올렸다. 그 즈음 내 모습은 요양원 노인들의 냄새와 투정에 찌들어 있었다. 우리는 그런 서로의 얼굴을 한참 동안 바라보다 밥을 먹으러 갔다. 밥을 먹으러 가는 길에 연두가 말했다.

"오늘은 우리 자신을 위해 보자. 굴비백반 어때?"

순간 녹차를 우린 물과 하얀 쌀밥과 잘 쪄진 보리굴비가 눈앞에 그려졌다. 쌀뜨물에 불린 보리굴비와 연두색 찻물이 흰 쌀밥 앞에 그윽하게 놓인 그림에 고팠던 배가 더 고파졌다. 나는 꼬르륵 소리가 나는 배를 만지며 민망해서 웃었다.

"그래, 우리 열심히 살고 있으니까. 한 번씩 좀 거하게 먹어줘야 돼."

연두가 내 배를 기습적으로 만지며 물었다.

"그렇지?"

나는 연두의 손을 피하며 대답했다.

"그럼!"

굴비백반을 전문으로 하는 수림정은 우리가 만난 카페에서 멀지 않은 곳에 있었다. 연두가 처음에 말했던 가정식백반 전문점은 수림정에서 한 블록 떨어진 곳에 위치했다. 맛있는 식당들이 많은 동네에서 나는 '가지 꽃이 예쁜 집'을 바라본 뒤 연두를 따라 수림정으로 들어갔다. 그리고 손으로 빚은 도자기에 담긴 밥을 먹었다. 녹차를 우린 물에 밥을 말아서 보리굴비를 얹어먹었다. 어머니가 세상을 떠난 그날, 나는 어머니가 세상을 떠난 줄도 모르고 밥알 하나 남기지 않고 그릇을 싹싹 비웠다. 가오리찜과 표고버섯나물과 배추김치와 또……, 기억도 하지 못하는 반찬들을 모조리 쓸어 먹은 내 위장은 급기야 포만을 견디지 못하고 힘들어했다. 그날은 거의 한 세기를 살았던 어머니가 세상을 떠난 날이었다.

나는 어머니가 세상을 떠났다는 사실을 중복이 지난 어느 날 알게 되었다. 어머니가 세상을 떠난 지 거의 십 개월만이었다. 한창 무더위가 기승을 부리는 한낮에 큰언니가 전화를 했다. 그런 일은 처음이었다. 큰언니는 언제나 저녁에 전화를 했다. 저녁을 먹을 즈음이나 저녁을 먹고 나서 느긋하게 텔레비전을 보고 있으면 벨 소리가 울렸고 발신자는 큰언니였다. 전화기 속에서 멀리 있는 큰언니는 언제나 밥을 먹었는지부터 물었다.

"밥 먹었니?"

"뭐 하고 있었어?"

"이제 괜찮아?"

그때마다 나는 무심하게 대답했다.

"응, 먹었어."

"어, 텔레비전 보고 있어."

"그럼, 괜찮지."

그 가운데 한 가지만은 언제나 거짓말이었다. 나는 괜찮지 않았다. 괜찮은 척 할 뿐이었다. 마음도 몸도 한 고비를 넘겼을 뿐 내 상황은 괜찮아진 것이 없었다. 그와 헤어진 뒤 나는 종종 생각했다. 홀로 서기는 이삼십 대에나 하는 것이라고. 그 전이나 그 이후는 의욕만 앞설 뿐 인생이라는 마라톤을 달리기에는 체력이 부족하거나 따르지 않는다는 것을 말이다. 큰언니도 내가 거짓말을 한다는 것을 알았다. 큰언니도 내 말을 믿는 척할 뿐이었다. 전화를 자주 하지는 않았지만 작은언니도 마찬가지였다. 우리 자매는 속이 환하게 보이는 거짓말을 주고받으면서도 안도했다. 힘이야 들겠지만 거짓말이라도 할 수 있는 상황이라면 최악은 아니라는 뜻이라고 이해했다. 나는 뻔한 것을 묻지 않는 언니들이 고맙고 뻔한 거짓말도 이해해줘서 다행이라고 생각했다.

하지만 중복이 지난 어느 날의 큰언니는 여느 때와 달랐다. 언제나처럼 안부부터 묻지 않았고 목소리도 어딘가 긴장감이 돌았다.

"지금 일하고 있니?"

거짓말을 할 이유가 없는 물음이라서 나는 아무렇지 않게 대답했다.

"쉬는 날인데."

또 큰언니가 물었다.

"지금 집이니?"

이 물음에는 거짓말을 했다. 얼마 만에 510호 할머니의 똥오줌 냄새에서 벗어난 나는 연두를 만나러 도시로 나와 있었다. 그런데 왠지 근사한 집에서 점심을 먹고 있다는 말을 할 수 없었다. 큰언니가 그런 것까지 나무랄 사람은 아니었는데 괜히 조심스러운 마음이 들었다. 토마토 리소토 접시바닥까지 싹싹 긁어 먹은 나는 스푼을 내려놓으며 대답했다.

"아니, 잠깐 친구 만나서 차 마시고 있어."

전화기 속으로 잠시 침묵이 흘렀다. 큰언니가 보내는 침묵은 무겁고 끈끈했다. 나는 그 침묵이 부담스러워서 큰언니를 재촉했다.

"근데, 왜?"

큰언니는 으—응— 하고 시작을 끌고 나서 애써 목소리에 힘을 주어 대답했다.

"친구와 함께 있어도 이 말은 지금 해야 할 것 같다. 어머니가 돌아가셨다."

나는 큰언니가 거짓말을 하는 것 같았다. 그래서 큰언니에게 다시 물었다.

"뭐라고? 지금 뭐라고 했어?"

좀 더 가라앉은 목소리로 큰언니는 다시 대답했다.

"어머니가 돌아가셨어. 작년 십일월 일일에."

이 정도면 더 물어볼 필요 없는 말이었다. 나는 전화기를 들고 돌처럼 굳어버렸다. 순간 눈앞이 까맣게 암전되는 것 같았다. 사람은 누구나 죽는다. 언젠가는 반드시 죽는다. 영원히 사는 사람은 없다. 내 어머니라고 해서 예외일 리 없다. 그러나 어머니의 죽음은 어떤 연결성이 없었다.

나는 일 년 전 초여름에도 어머니를 뵙고 왔다. 귀가 더 어두워진 것을 빼면 어머니는 건강했다. 안색도 밝았고 기억력도 여전했다. 마당에 깔린 잔디 사이로 놓인 디딤돌을 사뿐사뿐 골라 딛는 어머니를 보면서 나는 백세쯤 아무 문제도 없을 것이라고 생각했다. 내가 어머니에게 다녀온 뒤 어머니는 내게 자주 전화했다. 모든 전화는 나를 걱정하는 것이었지만 그 속에는 어머니의 희망도 적잖이 깔려 있었다. 어머니는 나에게 오고 싶어 하시는 것 같았다. 하지만 내 여건이 그랬다. 어느 날 갑자기 다시 생의 출발선에 서게 된 나는 일을 하고 잠을 자는 것 외에는 다른 어떤 것도 할 수 없었고 어머니는 모든 것을 살펴드려야 하는 구십육 세의 노인이었다. 나는 잠시 기거할 수 있는 집을 구했지만 그 집은 잠마저도 편하게 잘 수 없을 정도로 형편없었고 그런 집에서라도 지내는 날은 한 달에 몇 번 되지 않았다. 그럼에도 나는 어머니에게 이런 내 상황을 일일이 설명할 수 없었다. 어머니는 귀가 너무 많이 어두웠다. 한 가지 물음에 열 번도 넘게 큰 소리로 대답하고 되묻다 보면 어머니도 나도 지쳐서 서로 이해한 척 전화를 끊었다. 그렇게 전화를 끊을 때마다 나는 언제나 혼잣말로 중얼거렸다.

"엄마, 조금만 더 기다리세요. 집 근처에 일자리를 얻게 되면 모시러 갈게요. 그러니까 조금만 더⋯⋯."

이 말을 내가 어머니에게 했다 해도 어머니는 알아듣지 못했을 터였다. 어머니와 통화를 할 때마다 나는 답답했다. 어머니에게 나를 이해시킬 수 없어서 답답했고 어머니에게 확실한 약속을 할 수 없어서 답답하기만 했다. 그런데도 어머니는 계속 전화했다. 가끔 내 핸드폰에는 어머니가 계시는 오빠네 집의 전화번호와 낯선 핸드폰 번호가 찍혔다. 어머니는 오빠 내외가 집을 비운 때나 아니면 이웃집에 놀러가서 내게 전화를 했다.

하지만 완연한 가을이 되면서 어머니는 더 이상 내게 전화하지 않았다. 나는 어머니가 나에 대한 희망을 버린 거라고 생각했다. 홀로 서기가 어려운 막내딸에게 부담을 주고 싶지 않아서 전화를 참고 계신 거라고만 여겼다. 나는 그 이상 깊게 생각할 겨를이 없었다. 나는 늘 바쁘고 피곤했다. 아무리 일을 해도 삶의 공백이 메워지지 않아서 더 힘이 들었다.

그런 삶이 견디기 힘들어지면 친구를 만났고 차를 마셨고 밥을 먹었다. 친구를 만나면 언제나 '밥 먹자.'가 인사였다. 나는 어머니가 세상을 떠난 날도 친구를 만났고 살아온 날 가운데서 다섯 손가락 안에 드는 밥을 먹었다. 열심히 사는 우리 자신들을 위해 줘야 한다고 외쳤다.

그러면서도 한편으로 하루도 빼지 않고 날짜를 헤아렸다. 눈에 띄지는 않았지만 해가 바뀌면서 내 삶은 조금씩 나아지고 있었다. 나는 여름이 오면 어머니와 함께 지낼 수 있게 될 거라고 생각했다. 그렇게 생각해도 될 것 같았다. 나는 좁은 방과 비좁은 자리를 보면서 어머니와 내 자리의 비율을 눈짐작으로 가늠했다. 처음은 불편하겠지만 불편도 익숙해지면 살 만해질 것 같았다. 그밖에 다른 것은 한 번도 생각해 보지 않았다.

어머니와 마지막 통화를 하고 난 뒤 가을겨울이 지나고 이듬해 봄이 왔다. 어느 날 쑥을 뜯으러 간 들판에서 큰언니가 내게 물었다.

"지난가을부터 왜 어머니가 전화 한 통 없으시지? 전화를 해도 벌써 몇 번은 하셨을 텐데……."

나도 그게 이상해서 힘없는 목소리로 대답했다.

"뭔가 나에 대해 갖게 되셨던 희망을 버리신 게 아닐까? 내가 아직 자리를 제대로 잡지 못한 것 같고 힘들어 보이니까……."

큰언니는 먼 산을 바라보며 애써 목소리를 끌어 모아 대꾸했다.
"그러셨겠지?"
"……."
너무 맥없이 들리는 반문에 나는 아무 말도 하지 못했다.
다시 큰언니가 물었다.
"살아 계시기는 할까? 우리, 어머니가 돌아가신 것도 모르고 사는 건 아닐까?"
어머니가 세상을 떠났을지도 모른다는 가정을 한 번도 해 본 적이 없는 나는 큰언니를 멍한 눈으로 바라보았다. 순간, 그와 함께 살 때 전세입자 확정 신고를 위해 가족관계증명서를 뗐던 기억이 떠올랐다.
"가족관계증명서를 떼보면 알 수 있을 것도 같은데……. 언젠가 떼 본 적이 있는데 그랬던 것 같아."
"그래?"
대답은 그렇게 해 놓고도 큰언니 역시 바빠서 여름이 올 때까지 동사무소에 갈 틈을 내지 못했다. 그러다 초복이 지난 어느 날 큰언니는 다시 내게 물었다.
"정말 어머니에게 무슨 일이 생기신 걸까? 아무래도 이상한데."
나는 큰 언니를 바라보며 대답했다.
"그럼, 언니가 가족관계증명서를 떼 봐."
중복이 지난 뒤 큰언니는 벼르고 별러서 동사무소에 갔다. 그리고 내게 전화를 했다.

"어머니가 돌아가셨다."

뜻밖의 소식에 나는 멍하니 허공을 바라보기만 했다. 병석에 누워 계신 것을 본 적도 없고 위급하다는 어떤 전언도 들은 적이 없어서 살아 계셨던 어머니와 돌아가신 어머니가 연결이 되지 않았다. 생의 복병에 기습적으로 뒤통수를 가격 당했다 해도 이렇게 정신을 못 차릴 정도로 얼떨떨하지는 않을 것 같았다. 그래서 나는 한참 동안 눈물을 한 방울도 흘리지 못했다.

어머니는 일제강점기에 태어나서 해방이 될 무렵 오빠와 큰언니를, 한국전쟁이 일어난 지 십 년이 넘어가던 때 작은언니와 나를 낳고 전라도 한촌에서 아버지와 함께 칠십이 넘도록 살았다. 전라도 한촌에 사는 동안 어머니는 아버지와 함께 벼농사와 밭농사를 지었다. 그리고 가을걷이가 끝나고 겨울이 되면 책을 읽었다. 책은 주로 외사촌 오빠에게서 빌려 온 삼국지와 역사소설이었다. 두껍고 깨알 같은 글씨가 빼곡한 책은 열권이 한 질이었는데 어머니는 한 해 겨울에 두세 권의 책을 읽었다. 날마다 아침 먹고 나서 읽고, 점심 먹고 나서 읽고, 저녁을 먹고 나서 또 읽었다.

어머니가 책을 읽는 동안 아버지는 담배를 피거나 문에 조그맣게 붙여 놓은 유리로 밖을 내다보았다. 겨울이 오면 아버지의 일은 밥을 먹고 똥을 싸고 잠을 자고 조그만 유리로 밖을 내다보는 게 전부였다.

어느 날 조그만 유리로 밖을 내다보던 아버지가 말했다.

"또 눈 온다. 올해는 눈이 많이 내려서 내년에 풍년 들겠다."

책을 읽던 어머니도 아버지를 따라서 작은 유리로 밖을 내다보았다.

"아휴! 함박눈이네. 눈이 멈추면 헛간에서 나무 좀 부엌에 들여놔 줘요. 저녁에 불 좀 넉넉하게 넣어야 할 것 같아요."

그때 나는 아버지와 어머니 옆에서 어머니가 읽고 난 책을 읽었다. 우리 집에는 텔레비전도 라디오도 없었으므로 방학숙제를 하고 나면 심심함을 달랠 수 있는 것은 어머니가 읽고 난 책밖에 없었다. 하지만 나는 역사를 다 이해하기에 아직 어렸다. 이해가 되지 않는 부분은 어머니가 나름의 해석으로 다시 이야기해 주었다.

어머니와 나는 책을 읽는 사이사이 아버지와 함께 고구마를 쪄 먹고 김치를 넣고 끓인 국에 밥을 말아 먹었다. 가끔은 계란찜이 밥상에 올라오는 날도 있었다. 하지만 겨울 동안 밥과 반찬은 대체로 바뀌지 않았다. 마을 사람들도 우리와 다르지 않았다. 우리 가족이 마을 사람과 다른 것은 책을 읽는다는 것뿐이었다.

그렇게 역사소설을 두 권이나 세 권 정도 읽고 나면 봄이 왔다. 봄이 오면 아버지는 지붕과 울타리를 다시 정비하고 땅을 일구기 시작했다. 어머니는 초겨울에 심었던 완두콩을 돌보고 보리밭의 김을 맸으며 감자를 심었다. 그리고 나는 사 킬로미터가 넘는 거리를 걸어서 학교에 다녔다.

나는 아버지와 어머니가 새로 사들인 밭에서 일하는 모습을 보면서 학교와 집을 오갔다. 밭 가운데 있는 무덤 가장자리까지 참깨나 고추가 심어지는 것을 보며 학교에 갔다가 집으로 돌아왔다. 아버지는 그 무덤을 돌덩어리처럼 귀찮아했다. 밥을 먹을 때마다 아버지가 말했다.

"아휴, 밭을 가는 것도 힘들고 보기도 그렇고……."

어머니는 수북하게 뜬 밥에 김치를 얹다 말고 아버지를 힐끗 쳐다봤다.

"밭을 가는 거야 좀 힘들겠지만 어째요? 누구 무덤인지 알 수도 없고 하루 이틀 있었던 것도 아닌데……."

아버지는 더 이상 아무 대꾸도 하지 않았다. 그냥 묵묵히 밥만 먹었다. 모처럼 밥상에 올라온 계란찜을 푹 떠서 밥에 비볐고 잘 익은 배추김치 한쪽을 숟가락 위에 얹었다. 그리고 다음 날부터 틈나는 대로 조금씩 무덤 주위를 파내기 시작했다. 주인도 모르는 무덤은 점점 주위가 줄어들었다. 여름이 되었을 때는 봉분만 남았고 초가을이 되면서는 봉분마저 파헤쳐졌다. 나는 여름방학이 끝나고 다시 개학한 어느 날 아침 아버지가 무덤을 파는 모습을 보았다. 지각을 할까 봐 바쁘게 걸어가던 나는 무덤을 파는 아버지를 보고 그 자리에 얼어붙어 버렸다.

"아버지!"

아버지는 무너뜨린 봉분 가운데서 구덩이를 파다 말고 나를 돌아보았다.

"어? 왜 인제 가냐? 아침 먹은 지가 언젠데?"

나는 붉은 황토 흙더미 옆에 떨어져 있는 썩은 판자 조각과 흙더미 가운데 서있는 아버지를 번갈아 보았다. 가끔 괴팍한 구석이 있긴 했지만 주인도 모르는 무덤을 태연하게 파헤칠 만큼 아버지는 대담한 남자가 아니기 때문이었다.

"똥 싸고 오느라 늦었는데요. 근데 아버지, 그걸 꼭 그렇게 파야 해요?"

목에 걸린 수건으로 땀을 닦고 난 아버지가 대답했다.

"혹시 뼈가 조금이라도 남아 있으면 다른 곳에 모셔 주려고 그랬지. 근데 아무것도 없다. 넌 빨리 학교나 가거라. 늦겠다."

아버지는 무덤을 파 버린 자리에 배추를 심었다. 배추를 심을 시기가 좀 늦긴 했지만 다른 심을 게 마땅치 않았다. 배추는 그다지 속이 잘 들지 않았다. 어머니는 그 배추로 김장을 했고 그해 겨울 우리는 그 김장김치를 밥에 얹어 먹으며 책을 읽고 조그만 유리로 밖을 내다보며 지냈다.

그때 어머니는 『젊은 그들』이라는 소설을 읽었다. 조선 말엽 흥선대원군과 활민숙이라는 청년단체에 대한 이야기였다. 어머니가 『젊은 그들』을 읽을 때 나는 임진왜란에 얽힌 이야기를 읽었다. 소설에서는 임진왜란 당시 헤아릴 수 없을 만큼 많은 사람들이 죽었다고 했다. 책을 읽는 동안 무덤을 갖지 못한 사람들이 얼마나 될지 상상도 되지 않았다. 나는 잠시 조그만 유리를 바라보며 생각했다. 임진왜란이 휩쓸고 지나간 뒤에도 한반도에는 크나큰 전쟁이 한두 번 지나간 게 아니었다. 그때마다 수많은 민중이 죽었고 무덤을 갖든지 갖지 못했든지 땅에 묻히고 흙이 되었다. 그 자리에 나무와 풀이 나고 자랐으며 또 후손들이 묻혔다. 문득 나는 몸서리가 쳐졌다. 나도 이 운명에서 벗어날 수 없는 존재라는 사실에 우울했다.

하지만 살면서 꽤 많은 이별을 겪은 어머니는 무덤덤했다. 어머니는 책에 눈을 둔 채 말했다.

"그런 것까지 생각하기에 너는 아직 너무 어리다."

"그럼, 언제 그런 생각을 할 수 있어?"

"좀 더 크면……. 이제 그만하고 책이나 읽어라."

"그래? 그럼, 좀 더 크면 이 책을 다시 읽어 볼게."

이 말을 끝으로 우리 모녀는 다시 읽던 책 속으로 돌아갔다. 그리고 일제강점기에 태어나서 해방이 될 무렵 오빠와 큰언니를 낳고, 한국전쟁이 일어난 지 십 년이 지났을 무렵 작은언니와 나를 낳고 키우며 전라도 한촌에서 살았던 어머니는 일흔이 넘게 되자 아버지와 함께 충청도 도청 소재지가 있는 도시의 변두리로 오빠를 따라갔다. 아버지가 너무 늙어서 더 이상 농사를 지을 수 없게 되었기 때문이었다.

어머니는 오빠 옆으로 가서도 책을 읽었다. 역사소설을 몇 번이나 읽은 어머니는 종교 서적에 심취했다. 더 이상 땅을 일굴 수 없을 정도로 노쇠했지만 아버지는 어머니와 함께 마을 사람들에게 자투리땅을 빌려서 가꿨다. 아버지는 오빠 옆으로 간 지 십 년 만에 세상을 떠났다. 아버지가 세상을 떠나자 오빠 부부는 어머니와 함께 살았다. 그것은 예정된 순서였다. 하지만 오빠의 아내는 어머니의 존재를 견디기 힘들어 했다. 나와는 무려 십팔 년 터울이나 나는 오빠는 종종 우리 세 자매에게 전화를 했다. 전화를 하는 이유는 어머니에게 자주 전화를 하지 않는다고 나무라기 위해서였다. 어떤 때는 전화로 힘이 든다는 말도 했다. 명절 때나 어머니의 생신 때 오빠의 집에 가면 오빠 부부가 자주 싸운다는 말도 어머니에게 들을 수 있었다. 오빠의 아내는 오빠가 때린 부위를 보여주었다. 나는 오빠와 오빠의 아내와 어머니의 말을 듣고 오빠가 어머니에게 자주 전화하지 않는다고 나무라는 뜻이 무슨 뜻인지 알아차렸다. 오빠가 우리 세 자매에게 왜 그렇게 전화하는지를 눈치 챘다. 오빠의 아내는 어머니와 함께하는 삶이 싫었다. 말없이 방 한 칸을 차지하고 있을 뿐인데도 어머니의 존재감이 주는 무게가 만만치 않고 간섭 없는 살림인데도 허투루 할 수 없게 만드는 어머니의 눈빛이 부담스러웠던 것이었다. 잦은 짜증에 처음에는 홀로 된 어머니를 안쓰러워하던 오빠도 점점 자신의 아내에게 동화되어 갔다. 손가락으로 꼽기 어려울 만큼 자주 싸우면서 자신의 아내 팔을 부러뜨리기도 하면서 누가 자신의 삶에 끝까지 남아 줄 사람인가를 생각한 것 같았다. 어떤 때 오빠는 우리 세 자매에게 어머니를 모실 것을 대놓고 말하기도 했다. 오빠의 아내가 그렇게 말하도록 오빠를 종용했다는 것은 말하지 않아도 알 수 있었다. 농사를 짓듯이 한 가정을 어렵게 일구고 사 남매를 키워 낸 어머니는 그렇게 자신보다 스무 살 어린 며느리에게 배척당해 갔다. 하지만 나에게는 어머니를 돌아볼 여유가 없었다. 사람들에게 밥을 사고 술을 사는 것으로 존재감을 드러내고 싶어 하면서 한 가지라도 자신의 마음대로 되지 않으면 죽겠다고 난리를 치는 남자와 헤어진 지 얼마 되지 않은 나는 내 삶도 제대로 꾸리지 못하고 있었다. 아무것도 생각할 수 없고 몸도 마음도 한곳에 평화롭게 내려놓지 못하는 나는 어머니의 회한과 보이지 않는 눈물을 들여다볼 겨를이 없었다. 어렸을 때 어른이 되면 다시 읽어보겠다고 했던 책도 기억하지 못했다.

하지만 오빠는 내 안부 같은 건 한 번도 물어오는 법이 없었다. 어머니의 한 배를 빌려 세상에 나왔는데도 오빠는 언제나 타인 같았다. 가끔 자신의 아내와 살이 떨릴 정도로 싸우면서도 자신의 아내가 아니면 홀로 늙어 죽게 될 것만 두려워하는 오빠를 생각하면 나는 늘 등과 가슴이 시렸다. 오빠에게 위로받지 못하는 삶을 다독여 주는 사람은 어머니와 언니들뿐이었다. 그런데 어머니가 오빠 옆으로 간 지 이십 년이 되었을 때, 아버지가 세상을 떠난 지 십 년이 되었을 때 오빠는 나에게 이렇게 말했다.

"나는, 어머니가 돌아가셔도 너희들한테 연락하지 않을 것이다."

나는 언니들에게 오빠의 이 말을 전했다. 당연히 언니들은 크게 분노했다. 이 분노는 또 당연히 오빠에게 전달되지 않았다. 나보다 열여덟 살이 많은 오빠는 동생들의 삶을 헤아리려 하지 않았고 어머니와의 삶이 지속된다면 자신이 어떤 일을 겪게 될지 모른다는 말만 되풀이했다. 어머니가 세상을 떠나기 몇 달 전, 아버지의 기일에 만난 오빠는 이런 말도 했다.

"네 올케언니는 어머니와 아무 상관도 없는 사람이다."

"……?"

아무리 해도 나는 이 말이 해독되지 않았다. 말은 알아들었지만 내용을 해석할 수가 없었다. 이런 말을 왜 하필 아버지의 산소 아래 주차장에서 하는 것인지도 헤아리기 어려웠다. 나는 호남고속도로를 타고 내려오는 동안 머리가 아팠다. 오빠의 말이 무슨 뜻인지는 여산 휴게소에 이르러서야 깨달아졌다. 내 두통을 호소 받은 언니들도 두 손으로 머리를 감쌌다. 나는 타이레놀 한 알을 삼키고 언니들에게 말했다.

"아무래도 내가 어머니를 모셔야 할 것 같아. 올케언니는 어머니와 아무 상관없는 사람이라는 말이 그런 뜻으로 들려."

하지만 언니들은 반대했다.

"혼자서 어떻게 어머니를 모시니? 나도 힘들 텐데 너는 하루도 버티기 어려울 거야."

"그건 말도 안 되는 소리야. 넌 밖에 나가서 일을 해야 하는데 어떻게 백 세 다 되어 가는 어머니를 모셔?"

"정말 방법이 없을까?"

"말도 안 되는 소리 그만 해라."

"막내야. 어머니는 오빠한테 계시는 게 맞아. 지금으로서는."

"하지만……."

"언니들의 말을 들어라. 네가 어떤 상황인지는 어머니도 잘 아실 거다."

언니들의 말은 하나도 틀린 것이 없었다. 그즈음 나는 아침에 나갔다 다음 날 아침에 기숙사로 돌아오는 하루하루를 살고 있었다. 또 다음 날 아침에 나갔다 그 다음 날 아침에 돌아오는 것이 나의 하루하루였다. 친척에게 빌린 빈 집은 지은 지 백 년 가까이 되어서 내부가 좁고 옹색했다. 나는 요양원의 기숙사에서 지내고 있기 때문에 그런 집에서 한 달에 몇 번 자 보지도 못하고 있었다.

하지만 내가 거의 매일같이 보고 사는 사람들이 죽음을 기다리는 노인들이었다. 죽을힘을 다해 한 생을 헤쳐 왔지만 그들은 결국 세상에서 제외되어 한적한 요양원에서 생의 마지막을 기다리고 있었다.

노인들은 요양원에 오면 가장 먼저 밥을 먹었다. 대부분이 그랬다. 그 밥은 얼마 지나지 않아 죽으로 바뀐다. 죽도 먹기 힘들어지면 간 죽으로 바뀌고 간 죽도 넘기기 어려워지면 미음을 달라고 한다. 그리고 묽은 미음으로 버티는 시간이 어느 정도 흐르면 세상을 떠났다. 그렇게 한 사람의 생이 마감되었다. 이런 과정을 지켜보면서 나는 줄곧 어머니를 생각했다. '네 올케언니는 어머니와 아무 상관도 없는 사람이다.'라고 말하는 오빠 부부 옆에서의 어머니 삶이 어떨지 유추해 보기도 했다. 그때마다 어김없이 전라도 한촌에서 살 때 어머니와 함께 보냈던 겨울이 떠올랐다.

그 무렵 집 근처에 요양병원이 새로 생겼다. 나는 집에서 가까운 요양병원으로 옮길 것을 결심했다. 그곳으로 옮기면 어머니와 그런대로 함께 살 수 있게 될 것 같았다. 친척이 빌려준 집이 오래되고 불편하긴 했지만 어머니와 나는 이미 옹색한 한촌에서 살았던 경험

이 있었다. 집에서 먼 요양원에서 가끔 집을 살펴보곤 하는 사이 초복이 지났다. 그제야 나는 비로소 집에서 가까운 요양병원으로 옮길 수 있었다. 그런데 어느 날 큰언니가 나에게 전화해서 이렇게 말했다.

"어머니가 돌아가셨다."

어머니가 무려 열 달 전에 세상을 떠났다는 것을 알게 된 나는 병원에 무급휴가를 신청했다. 그리고 우리 세 자매는 곧바로 충청도 도청이 있는 도시로 달려갔다. 하지만 오빠를 만나고 싶지는 않았다. 무엇보다 오빠의 얼굴을 봐야 한다는 사실이 끔찍하게 느껴졌다. 하지만 우리 세 자매는 아무것도 알 수 없고 어머니가 어떻게 돌아가셨는지를 확인할 수 있는 곳도 전무했다. 모든 것이 오리무중인 우리는 일단 아버지의 산소가 있는 공원묘지를 찾아갔다. 아버지가 저세상으로 떠났을 때 오빠가 "아버지 옆은 어머니 자리야."라고 했던 게 떠올랐기 때문이었다. 그러나 아버지의 옆자리는 텅 비어 있었다. 오래도록 비어 있는 자리는 잔디만 무성했다.

우리 세 자매는 멍한 표정으로 서로를 바라보았다. 그러다 큰언니가 오래 울어서 쉰 목소리로 이렇게 말했다.

"애들아. 우리, 어머니를 잃어버린 것 같다."

퉁퉁 부은 눈에서 흘러나오는 눈물을 닦으며 작은언니도 한마디 했다.

"우리 이제, 어디 가서 어머니를 찾지?"

나는 눈물과 콧물을 훔치며 대답했다.

"우리, 진짜 고아 되었어."

잠시 망연자실하던 우리 세 자매는 문득 아버지의 비석을 앞뒤로 둘러보았다. 비석 뒷면에는 아버지의 자손들 이름이 새겨져 있었다. 자 : 한 은호. 자부 : 민 영옥. 자 : 한 은수. 자 : 한 은미. 자 : 한 은주. 나는 오빠의 이름 아래 내 이름이 새겨져 있다는 게 참기 어려웠다. 나는 내 이름을 아버지의 비석에서 지우고 싶었다. 두 언니의 표정도 상심으로 가득 찼다. 햇볕이 뜨거운 한낮이었다. 우리 세 자매는 슬픈 얼굴로 서로의 이름을 한 번씩 만져 보고 비석에서 돌아섰다.

다시 큰언니가 말했다.

"일단 오빠가 사는 동네에 가 보자. 통장한테 물어보면 내막을 조금이라도 알 수 있지 않을까?"

우리 세 자매는 곧장 오빠네 동네의 통장을 찾아갔다. 하지만 통장은 만나지 못하고 가는 길에 통장의 이웃에 사는 아주머니를 만났다. 다행히 그녀는 어머니와 친하게 지냈던, 몇 안 되는 마을 사람 중 한 사람이었다.

"참 건강하셨어요. 무엇이든 잘 드시고. 그날도 저에게 커피 한 잔 달래서 달게 마시고 들어가셨지요. 그리고 서너 시간 지나서 집 앞으로 119구급차가 오더라고요. 그런데 무슨 일로 구급차는 금방 돌아가고 곧바로 장의차가 왔어요. 그 이상은 몰라요. 마을 사람 아무도 장례식에 참석하지 못했으니까요."

아주머니가 이야기를 하는 동안 두 언니의 얼굴에는 기가 막힌다는 표정이 드리워졌다. 내 표정도 언니들과 다르지 않은 것 같았다. 우리 세 자매를 바라보는 아주머니의 표정이 그렇게 설명하고 있었다. 아주머니는 계속 말을 이었다.

"참, 좋으신 분이었는데……. 그런데 어떻게 그런 며느리를 보셨는지 모르겠어요. 마을에 나오시면 맨날 그러셨어요. '배고파 죽겠어. 며느리가 밥을 조금밖에 안 줘.' 그리고 마을 회관에서 음식을 나눌 때면 종이에 전이나 떡 같은 걸 조금씩 싸가지고 가셨어요."

마침내 나는 주저앉아 울었다. 내가 일하는 요양병원의 노인들은 더러 밥을 먹기 싫어서 먹지 않았다. 끼니때마다 잔반이 음식물 쓰레기통에 넘쳤다. 이런 세상에 어머니가 배고픔을 호소했다는 말은 감당하기가 힘들었다. 작은언니는 분노했고 큰언니는 눈을 감았다. 한동안 넋을 놓고 있던 우리 세 자매는 물이라도 마시고 가라는 아주머니를 뿌리치고 오빠의 집으로 향했다. 마침 오빠는 외출을 하기 위해 자동차에 오르고 있었다. 오빠가 떠나기를 기다린 우리는 오빠가 골목을 벗어나자 오빠의 집으로 들어갔다.

나는 오빠의 아내에게 물었다.

"어머니는 어디 계시죠?"

칠십 대 중반이 된 오빠의 아내는 순순히 대답했다.

"시 외곽에 있는 추모공원에 계세요."

이번에는 큰언니가 말했다.

"함께 가 주세요. 우리는 당장 어머니를 뵈어야겠어요."

오빠의 아내는 딱딱하게 굳어 가는 쌀밥 같은 표정으로 대답했다.

"네, 그러죠."

우리 세 자매 가운데서 가장 성깔 사나운 작은언니가 그런 오빠의 아내를 참지 못하겠다는 듯 말했다.

"어머니가 돌아가셨는데 어떻게 아무에게도 알리지 않고. 이건 누구보다도 어머니에게 가혹한 일 아니에요?"

서울의 명문학교를 나온 오빠의 아내는 작은언니의 말에 수긍했다.

"저도 오빠를 말렸어요. 하지만 알잖아요. 오빠가 어떤 사람인지."

이런 이야기는 어머니가 이미 돌아가시고 안 계시는 마당에 하나마나 한 이야기였다. 나는 그만 어머니에게 가자고 언니들을 재촉했다. 그제야 오빠의 아내는 안방으로 옷을 갈아입으러 갔고 나는 어머니가 살아생전 기거했던 방으로 갔다. 방은 오빠의 거처로 바뀌었고 예전보다 훨씬 깨끗해져 있었다. 문득 오빠가 이 집을 지을 때 어머니가 했던 말이 떠올랐다.

"나도 이 집을 짓는 데 천만 원이나 보탰다. 그러니까 이 방 하나쯤은 쓸 자격이 있지 않겠냐?"

어머니는 또 오빠의 아내가 가게를 하다 진 빚도 일부 갚아 주었다.

오빠와 함께 살기 전까지 어머니는 이웃 동네의 인삼 밭 김을 매

주고 돈을 벌었다. 그 돈으로 적금을 넣었고 만기가 되면 예금을 했다. 내가 한 번씩 어머니를 찾을 때마다 어머니는 이렇게 말했다.

"전라도 한촌에서 살았으면 어떻게 이런 돈을 모을 수 있었겠냐?"

그건 맞는 말이었다. 그곳은 겨우 살아 있는 것만 가능하게 했던 곳이기 때문이었다. 배부르게 밥은 먹을 수 있고 겨울이면 책은 읽을 수 있었지만 천만 원을 모으는 것은 어림도 없던 곳이었다. 그러나 어머니가 그곳에서 계속 사셨다면 우리 자매들이 이렇게 황당한 일을 겪게 되지는 않았을 터였다.

어머니가 사라진 방에서 나는 울지 않았다. 자식의 됨됨이를 잘 알면서 끝까지 허물을 입에 올리지 않은 어머니였다. 따라오지 말아야 할 곳을 따라온 잘못된 판단도 원망하기가 그랬다. 그래서 나는 이미 열 달 전 어머니의 물건들을 깨끗이 치워 버린 방에서 어머니가 잠시 외출을 한 것 같다는 생각을 했다.

중복이 지난 어느 무더운 날 오후 두 시에 우리 세 자매는 오빠의 아내를 앞세우고 도시의 외곽에 있는 추모공원으로 갔다. 추모공원은 훗날 밭으로 만들기 좋은 자리에 있었고 어머니는 잔디밭 가운데 한 줌의 재로 변해 묻혀 있었다. 손바닥 두 개 크기의 화강암에 어머니가 태어난 날짜와 세상을 떠난 날이 어머니의 이름 아래로 새겨져 있었다. 어머니의 자손들 이름은 들어 있지 않았.

나는 한 줌의 재로 변한 어머니가 낯설었다. 발음이 군데군데 뭉개지긴 했지만 힘 있는 목소리의 어머니를 뵈었던 게 불과 일 년 전이었다. 아무리 해도 나는 일 년 전의 어머니와 바로 눈앞에 있는 어머니와의 간극을 좁힐 수 없었다.

큰언니와 작은언니가 어머니 앞에 무릎을 꿇었다. 나도 언니들을 따라 무릎을 꿇었다. 햇볕이 너무 뜨거워서 어머니 앞에 무릎을 꿇는 순간 가난한 아버지와 싸우며 일구었던 어머니의 삶이 문득 비현실적으로 느껴졌다. 어머니의 어머니, 또 그 어머니의 어머니가 그랬듯 어머니는 자신의 생에 할 수 있는 최선을 다했다. 그리고 아주 오래전부터 수많은 민중들이 그래왔던 것처럼 소박한 이름 하나를 얻어 살다가 저 세상으로 떠났다. 어머니가 묻힌 곳은 훗날 누군가 밭을 일구기 좋은 자리였다.

그 생각을 하자 어머니의 하나뿐인 아들이 떠올랐다. 한 여인의 아들이기 이전에 한 여자의 남자였던 어머니의 아들. 세상의 모든 남자는 오직 한 가지를 위해 노동을 한다는 누군가의 말도 생각났다. 그는 세상의 남자들이 그 한 가지를 위해 소중한 것을 버리기도 한다고 했다. 그 한 가지는 여자였다. 어머니 앞에서 나는 그 말을 온전히 이해했다.

어머니의 방에서 눈물 한 방울 흘리지 않았던 나는 어머니 앞에서 나를 완전히 놓아 버렸다. 몸 전체에서 솟아난 울음이 나를 녹여냈다. 울음과 울음 사이 나는 어머니에게 물었다.

"어머니, 여기서 왜 이러고 계세요?"

그러나 입이 사라진 어머니는 대답하지 않았다. 머리와 등에 꽂히는 한여름의 햇볕이 뜨거웠다. 나는 또다시 어머니를 불렀다. 어머니의 침묵은 여전했다. 어머니는 침묵으로 모든 것을 대변하고 있었다. 너무 많은 것을 알려 하지 말라고. 그것으로 불편한 인연을 이어가지 말라고. 나는 그렇게 생각했다.

나는 화강암에 새겨진 어머니의 이름을 한 자 한자 캐내듯 쓰다듬었다. 햇볕에 달궈진 화강암이 따끈했다. 그때 통장의 이웃에 산다는 아주머니의 말이 떠올랐다. '회관에 나오실 때마다 배가 고프다고 하셨어요. 며느리가 밥을 조금밖에 안 준다고 하시면서……' 나는 추모공원에서 가까운 편의점으로 달려갔다. 편의점으로 달려갈 때 딸이 전화해서 내가 괜찮은지, 밥은 먹었는지 물었다. 나는 밥을 먹지도 않았고 괜찮지도 않았지만 밥도 먹고 괜찮다고 대답했다. 언젠가 유부초밥 만드는 법을 물어봤던 딸과 통화하는 사이 어린 편의점 직원이 전자레인지에 즉석밥을 데워 주었다. 나는 즉석밥과 김치를 어머니 앞에 놓아드렸다. 음식이나 분향은 따로 할 수 없는 것이 추모공원의 규칙이었지만 추모공원의 직원은 바빠서 나까지 주목하지는 못한 것 같았다.

우리 세 자매가 어머니 앞에서 슬퍼하는 동안 오빠의 아내는 서너 걸음 뒤에서 우리 세 자매를 지켜보고 있었다. 오빠의 아내 얼굴은 화강암처럼 무겁고 단단해 보였다. 그대로 잔디밭에 박아놓고 어머니의 비문을 새기고 싶은 얼굴이었다.

나는 어머니에게 한 번 더 물었다.

"어머니. 여기서 왜 이러고 계세요?"

여전히 어머니는 묵묵부답이었다. 나는 어머니의 침묵이 너무

가벼워 하늘을 바라보았다. 어머니가 한 줌의 재로 변했는데도 질량에는 일 그램도 변함이 없는 지구가 오후 세 시를 향해 자전하고 있는 때였다.

비파나무의 노래

로댕과 피카소는 유달산 아래 있었다. 한때 기자 생활을 한 적 있는 배희수가 골목골목을 환하게 꿰고 있어서 작은 화랑까지 우리는 길 한 번 헤매지 않았다. 더구나 그곳은 목포에서도 구시가지여서 작은 골목이 거미줄처럼 엉켜 있었는데도 단번에 송미와 나를 로댕과 피카소 앞에 내려놓았다. 배희수는 낡고 허름한 이 층 건물들이 늘어선 거리의 한 작은 화랑 앞에 차를 세운 다음 노래하듯이 말했다.

"다 왔어요!"

배희수의 최신형 자동차에서 내린 나는 거리의 집들을 보자마자 고개를 끄떡였다. 눈앞에 늘어선 건물들이 내가 그렇게 보고 싶어 했던 적산가옥이라는 것을 한눈에 알 수 있었다. 조악한데다 세월의 흔적이 한 더께나 쌓여 있는 이 층 건물은 우리네 건축 양식과 다르게 지어진 것이어서 굳이 배희수의 설명이 필요하지 않았다.

하지만 로댕과 피카소는 조금 달랐다. 전면에 통유리를 달고 일 층과 이 층 사이의 간판이 걸린 곳도 붉은색 벽돌이었다. 배희수는 송미와 나를 앞장서며 뒤를 돌아보았다.

"여기가 적산가옥들이 있는 거리야. 로댕과 피카소도 적산가옥이고. 아닌 것 같지? 일 층은 갤러리로 수리를 해서 그래. 이 층은 적산가옥 그대로야. 들어가 보면 알아."

그제야 적산가옥 같지 않은 적산가옥이 이해가 됐다. 건물을 다시 짓기 어려울 때 한쪽 벽만 헐고 내부를 용도에 맞게 수리하는 경우를 나도 허다하게 봤다.

나는 작품이 몇 개밖에 보이지 않는 통유리를 바라보며 송미와 배희수를 따라갔다. 일 층 전시장에는 조악한 도기 작품이 드문드문 전시되어 있었다. 아르바이트 여대생이 도기 작품을 배우는 학생들의 작품이라고 설명하면서 자신의 작품도 있다고 토끼 귀를 가진 오천 원짜리 돼지를 가리켰다. 나는 토끼 귀를 가진 돼지를 보고 감탄하는 송미와 배희수를 지나쳐 이 층으로 올라갔다.

적산가옥의 본모습은 계단에서부터 시작되었다. 어둑한 나무 계단은 낡았고 세월의 때가 까맣게 눌어붙어 있었다. 이 층 복도에는 창문이 많았으며 석회를 바른 벽은 특별할 것이 없었다. 그런데 복도가 나무였다. 일반 가정집 복도를 나무로 만들었다는 것도 놀라운데 더 신기한 건 천장도 나무를 걸치고 판자를 붙여서 만들었다는 것이었다. 그것도 초콜릿 색깔의 천장이라니. 우리네 건축물의 서까래를 연상시키는, 네모난 나무 걸대를 나는 한참 동안 올려다보았다. 일제강점기 때 후쿠오카에서 살았던 내 부모님조차 한 번도 보지 못했을 복도의 천장을. 또한 그와 살 때도 보지 못했던 초콜릿 색깔의 나무 천장을.

언젠가 티브이 화면에서 종묘를 본 적이 있었다. 비록 화면일 뿐인데도 그 고요한 장엄함에 나는 하마터면 숨이 멎을 뻔했다. 그에 비견할 수는 없지만 아무튼 초콜릿색 천장은 아름다웠다. 그렇게 넋 놓고 천장을 올려다보는데 배희수가 내 등을 툭- 쳤다.

"방에도 한 번 들어가 봐. 방도 보면 감탄할 걸."

"그래?"

내가 대답할 사이도 없이 송미가 먼저 되물으며 방으로 들어갔다. 나는 송미의 뒷모습을 바라보며 웃었다. 깔깔대며 웃는데 저런 여자가 배를 타고 현해탄을 건너지 못하게 됐으니…… 하는 생각이 들었다. 그때 배희수가 또 내 어깨를 툭- 건드렸다.

하지만 방은 그다지 감탄할 정도는 되지 못했다. 그건 오래전에 일제강점기를 배경으로 한 드라마를 봤던 경험 때문이었다. 여러 개의 미닫이문도 큰 네모 무늬 문창살도 이미 봤던 것이었다. 모든 감정을 절제하고 그 표현을 단순화시킨 미학. 만든 이도 보는 이도 자신들의 그리움 같은 감정을 숨기지 못하는 우리네 것과는 다른 문. 나는 왜 일본인들의 꽃이 사쿠라일 수밖에 없는지 비로소 알 것 같았다. 단순한 창살의 문을 지그시 바라보고 있자 새파랗게 날 선 일본도에 잘린 사쿠라 꽃잎이 문득 떠올랐다.

처음에는 목포에 오려고 했던 게 아니었다. 내 부모님 이야기를 이제 소설로 써야겠다고 생각했을 때 내가 가고자 했던 곳은 일본의 후쿠오카였다. 오래전 아버지와 어머니가 살았던 곳이 일본의 복강현이었는데, 인터넷을 검색해 보니까 그곳이 후쿠오카라고 했다.

내가 내 부모님 이야기를 소설로 써야겠다고 생각하게 된 건 그와 이혼을 하고 난 뒤였다. 그와 함께한 이십 년의 삶이 종이 한 장으로 끝나게 된 순간 가장 먼저 나를 덮친 것은 이제부터 나는 혼자라는 생각이었다. 나이 쉰둘과 마흔하나에 나를 낳은 부모님은 오래전 저세상으로 떠났고 두 아들은 치열한 싸움 끝에 경제적으로 유리한 그가 데려갔으며 하나뿐인 오빠와 네 언니는 그들 자신의 삶만으로도 힘들다고 했다. 애당초 내 삶을 누군가에게 기대고 싶다는 생각 같은 건 조금도 갖고 있지 않았지만 혼자라는 생각은 두 다리의 힘을 풀리게 하고도 남았다. 서류를 접수하고 구청을 나오는데 말도 못하게 배가 고팠던 건 그 때문이었는지도 몰랐다. 부모님 이야기를 소설로 써 보고 싶다는 생각을 하게 된 건 돼지고기 국밥을 곱빼기로 먹고 난 뒤 찾아온 포만감 때문이었는지도 모르겠고.

하지만 후쿠오카를 가 본다는 건 생각처럼 쉽지 않은 일이었다. 무엇보다 나는 돈을 벌어야 했다. 스스로의 삶도 겨우 꾸리는 내게 일본은 그야말로 사치스러운 단어였다. 그러니까 일본에 가 보고 싶다고 했던 건 그냥 바람이었지 꼭 가겠다는 말이 아니었던 것이다. 그것을 송미와 배희수는 일본에 다녀오고 싶어 한다는 말로 몰아갔다. 사실 배를 타고 현해탄을 건너고 싶어 한 사람은 송미였다.

배희수는 김우진과 윤심덕의 이야기를 새롭게 쓰고 싶어 하는 송미와 나를 따라 일본에 다녀오겠다는 것이 전부였다. 기자생활을 접은 지가 언젠데 그 근성이 남아 있는 탓이었다. 그러나 내 여건이 그랬다. 면사무소 일용직 청소원에게는 일주일이나 되는 시간의 휴가가 주어지지 않았다. 담당 직원은 내 말이 끝나기도 전에 이렇게 말했다. "그냥 사표 쓰세요. 일주일 동안 우리가 청소를 할 수는 없잖아요." 일자리가 귀한 시골에서 실업자가 될 수는 없었다. 귀농을 한 사람은 실업자가 될 일이 없지만 일을 하며 글을 쓰겠다는 귀촌인은 이야기가 달랐다. 결국 배희수는 후쿠오카 대신 목포를 대안으로 내놓았다.

"쌀 같은 곡류를 수탈해서 실어 가던 곳이라서 일본인들이 많이 살았던 곳이잖아. 거기 적산가옥이 그런대로 남아 있으니까 건질 게 있을 거야."

송미는 잠깐 골똘한 표정으로 침묵을 지키다 말했다.

"그래, 일단 거길 가보도록 하자. 현해탄은 천천히 건너 봐도 되니까."

나는 좀 놀랐다. 적어도 송미는 혼자서라도 현해탄을 건너겠다고 할 줄 알았기 때문이다. 순순히 배희수의 제안을 받아들일 줄은 몰랐던 것이다. 나는 미안한 표정을 지으며 송미를 바라보았다. 송미는 나를 마주보고 웃었다.

"어진 씨. 미안해하지 마. 거기도 가 볼 필요가 있으니까 가자는 거야."

배희수도 웃었다.

"그러니까 우리 가운데 혼자서 일본을 다녀오고 싶은 사람은 아무도 없다는 말이잖아. 어진 씨, 그렇게 심각하게 생각할 필요 없어."

우리 세 사람이 이렇게 결론을 내린 게 벌써 이 주 전이었다. 배희수가 토요일로 날을 잡았고 아침 여덟 시까지 송미의 작업실로 모이기로 했다. 그리고 이 주 후 우리는 목포로 달려왔다.

나는 단순한 사각 문창살을 바라보며 의자에 앉았다. 예전 같으면 바닥에 다다미가 깔려 있었겠지만 집주인은 마루를 깔고 긴 테이블과 여러 개의 의자를 들여놓았다. 그래도 천장과 미닫이문만은 어떻게 바꾸기가 곤란했는지 처음 집을 지을 때 그대로인 것 같았다.

문창살에는 한낮의 집 그늘이 드리워져 있어서 처음 방에 들어설 때와는 다르게 숙연한 느낌이 들었다. 옷깃을 바로잡고 손을 가지런히 하지 않으면 안 될 것 같은 분위기. 지은 과오가 미미할지라도 할복을 하고 싶은 마음이 들게 하는 문이었고 그늘이었다. 그냥 무릎을 꿇어야 할 것 같은 방이었다. 그가 다른 여자와 동거를 시작했을 때도 나는 이 방에서와 같은 기분을 느꼈다. 이를 악문 채 무릎을 꿇고 피를 토하고 싶은 기분. 하지만 그것은 내 과오가 아니었고 나는 삶을 단호하게 끊어 버릴 만큼 모질지 못했다.

오래전, 후쿠오카에서 내 부모님은 이런 집에서 한 번도 살아 보지 못했다. 부모님이 산 곳은 서너 장의 다다미가 깔린 여러 개의 단칸방 중 하나였다고 들었다. 이곳에서 벌 수 없는 돈을 벌기 위해 후쿠오카까지 갔지만 부모님은 가난했다. 아버지는 어머니가 답답해할 정도로 착하기만 해서 사람들에게 자주 속임을 당했고 어머니는 후쿠오카에 간 지 얼마 안 되어 연년생으로 태어난 아들과 딸을 키우느라 바빴다. 또 그때는 거의 대부분이 가난했다고 했다. 제2차 세계대전이 한창이었고 모든 물자는 전쟁터로 실려 나가는 때여서 내 부모님은 물론 대부분의 사람들이 절인 갓과 미소국으로 끼니를 때워야 했다. 어떻게든 살아남는 것이 중요했던 삶. 그런 삶에서 격자무늬의 운치와 감성은 단순한 선으로 생략될 수밖에 없었을 것이다. 그러나 일본의 역사가 그들끼리의 투쟁과 전쟁으로 점철된 것이었으니 단순한 선은 이미 오래전에 만들어진 것이라고 보는 게 더 맞겠다.

적산가옥의 그런 미닫이문을 바라보며 나는 생각했다. 어쩌면 직선은 생존을 위한 선인지도 모른다. 어렸을 때, 부모 형제들과 함께 살았던 집의 문도 대나무로 단순하게 얼기설기 창살을 엮어 만든 문이었다. 흔하게 굴러다니는 나뭇잎 하나 넣지 못하고 겨우 바람만 막았던 문.

나는 테이블에 괸 팔로 턱을 받치고 오래전 이 땅에서 머물렀던 이방인들의 문을 한참동안 바라보았다. 확실히 사람의 이성은 익숙한 것보다 낯선 것에 대해서 더 크게 반응하는 모양이었다. 직선 자체로 말하면 낯선 것이 없지만 한 벽면을 이루는 문이 특이했고 그 문이 만드는 분위기가 가볍지 않았다.

송미가 내 옆에 앉았다.

"어째 분위기가 기모노 차림으로 무릎을 꿇고 있어야 할 것 같은데?"

같은 사물이라도 보는 사람마다 느낌이 다 다른 법이다. 나는 적산가옥의 방에 들어서서 일본도와 할복을 떠올렸는데 송미는 기모노를 입은 일본 여인을 떠올린 모양이었다. 나는 잠깐 순종과 복종의 차이가 무엇일지 하고 생각했다. 더 나아가서는 맹종도 있다. 이 단어의 차이에 따라 삶의 질이 얼마나 달라지는가 하는 생각에 목울대가 서늘해지는 것 같았다.

그랬다. 그와 나의 관계도 이 세 개의 단어를 종종 떠올리게 했다. 부부 관계만큼 확실한 갑과 을의 관계도 없다는 것을 그는 내게 여실히 증명해 주었다. 오죽하면 명절에도 겨우 엉덩이만 붙였다 일어서는 나를 보고 어머니가 한숨을 다 쉬었다.

"자고 가는 것까지는 이제 바라지도 않는다. 예서 편하게 밥 한 끼 먹고 가는 꼴도 못 보는 모양이구나. 쯧쯧쯧!"

그러나 핸드폰 벨소리가 네 번째 울리면 어머니의 이 말은 언제나 귓등으로 들렸다. 전화벨 울리는 간격이 짧아지면 한 손에 어머니가 싸 준 음식을 들고 가방을 멘 쪽의 손에는 핸드폰을 들고 나는 낡은 자동차로 뛰곤 했다. 그렇게 두 시간을 달려서 들어간 그의 집에는 텅 빈 고요 말고는 아무것도 없었다. 그가 그토록 안달하며 나를 부를 이유도 없었고 집은 따뜻하며 조용하기만 했다. 격자무늬의 유리창으로 들이비치는 햇빛. 아늑한 오렌지색 벽지. 집이란 원래 이래야 한다는 표본처럼 편안해 보이는 집. 그 집에서 유일하게 들리는 소음은 그가 보고 있는 티브이 소리뿐이었다. 그러니까 그가 나에게 시간차를 줄여 가며 전화를 걸어 댄 건 혼자 있는 시간이 귀찮고 무료했기 때문이었다. 만나는 여자는 명절이라 볼 수 없고 아내라는 사람은 함께하고 싶지 않지만 명절 연휴에 혼자 밥을 차려 먹기 귀찮아서 전화를 한 것이었다. 나는 그렇게 짐작했다. 하지만 그의 그런 생각이 부당하기 짝이 없어도 나는 그를 거스르지 못했다. 입는 옷이 다르고 먹는 음식이 달라서 일본인이 아니지 그를 거스르지 못하는 나는 이미 기모노를 입고 무릎걸음으로 그를 섬기며 언제라도 때가 되면 할복을 하게 될 사람과 다름없었다.

나는 송미를 보고 웃었다.

"그렇지? 이렇게 일본인들은 방 분위기로도 사람을 제압하고 다스렸나 봐."

송미가 고개를 끄떡였다. 그녀의 풍성한 단발 파마머리가 고갯짓을 따라 출렁거렸다.

"응, 그러네. 어딘가 일본도도 있을 것 같고……."

말을 다 끝내기도 전에 송미는 가방을 뒤지다 다시 닫으며 나를 보고 또 웃었다.

"이놈의 방, 저 문을 보니까 나도 모르게 담배 생각이 나는데 없네."

이렇게 송미가 자신도 모르는 사이 가방을 뒤질 때는 머릿속에 뾰족한 가시가 마구 돋아날 때였다. 송미는 상대를 위압하는 힘에

비파나무의 노래

대해 누구보다 거부반응이 심한 여자였다. 편하게 섹스를 하고 싶어서, 남자가 벌어다 주는 돈으로 편하게 먹고 살기 위해서 결혼이라는 제도를 이용했다며 주먹을 휘두르는 남자에게서, 또 그 남자의 집에서 벗어나기 위해 아직도 투쟁 중인 여자가 송미라고 했으니까. 하지만 나는 그런 송미를 모른 척했다. 송미에게서 직접 듣지 않은 이야기는 아는 척하지 않는 게 배희수를 난처하게 만들지 않는 일일 터였다.

나도 송미를 따라서 일어서며 한지 위에 장방형 나무 살이 드러난 천장을 올려다보았다. 천장 역시도 방문과 다를 것 없는 분위기를 드리우고 있어서 나는 조금 몸이 더워지는 것 같았다. 문득 폐부 깊숙이 시원한 바람을 들이마시고 싶었다. 그때 배희수가 화장실에서 나오며 방 옆으로 난 작은 통로를 가리켰다.

"여기로 나가 봐. 나가 보면 정말 놀라울 거야."

배희수가 손가락으로 가리키는 통로를 따라 송미와 나는 밖으로 나갔다. 정말 뜻밖이었다. 옥상이 있을 거라고는 생각도 못했는데 통로 끝에 있는 계단 위에 옥상이 있었다. 물론 일본인들이 만든 것은 아닌 것 같았고 적산가옥을 사들인 주인이 새로 옥상과 계단을 만든 듯했다. 우리는 옥상으로 올라가는 계단 아래서 주위를 둘러보았다. 예상했던 대로 눈에 보이는 집들이 모두 적산가옥이었다. 내부만큼이나 단순한 지붕과 나무로 된 벽. 특유의 양식이 마치 일본의 어느 작은 도시에 있는 것 같은 착각을 불러일으켰다.

그 가운데서도 가장 눈길이 많이 가는 집은 건너편 파란색 지붕의 집이었다. 복층의 지붕 아래 통풍을 할 수 있는 들창을 내고 있는 빨간색 지붕도 내 시선을 오래 붙들지 못했다. 내 시선을 오래 붙잡은 집은 나무로 된 벽 한가운데에 커다란 구멍이 뚫려 있긴 했지만 아담하고 파란색 지붕이 예쁜 집이었다. 그 집에는 집만큼 아름다운 일본 여인이 가족과 함께 살았을지도 모른다. 그리고 그들은 자신들 나라의 국세확장에 따라 현해탄을 건너왔다가 전쟁의 패배와 함께 그들 나라로 돌아갔다. 그래도 이곳에서의 그들 삶은 풍족했다. 나라를 빼앗은 나라로 돈을 벌기 위해 건너간 내 부모님과는 천양지차의 삶이었다. 이것이 위압적인 문과 궁색함이 흐르는 문을 가진 자의 차이였다.

열한 살 때 나는 뒷산에 올라 마을을 내려다본 적이 있었다. 아마 무르익은 봄이었을 것이고 혼자서 고사리를 꺾으러 올라간 길이었을 것이다. 산봉우리에 난 고사리까지 모두 꺾은 나는 숨이 찼고 그래서 숨을 돌리느라 마을을 내려다보았다.
산자락에 감싸인 마을은 아늑해 보였고 집들은 장난감처럼 작아 보였다. 그 가운데서 가장 작게 보이던 것이 우리 집이었다. 볏짚으로 엮은 이엉을 얹고 있어서 마치 버섯 같았던 두 개의 초가집. 집 뒤에 네댓 그루의 참나무가 둘러 서 있는 집. 이 집도 사실은 우리 집이 아니었다. 부모님은 일본의 쇼와 천황이 항복을 선언하고 얼마 지나지 않아 고향으로 돌아왔지만 네 식구가 들어가서 살 집이 없었다고 했다. 처음에는 외가가 있는 동네로 갔지만 그곳은 더 가난한 동네였다. 그래서 결정을 내린 곳이 일가친척들이 모여 사는 이 작은 산동네였는데 아버지의 조카뻘 되는 면장이 오두막 한 채를 내주며 이곳에 정착하라고 충고했다는 거였다. 조건은 농번기에 자신의 논밭 일을 도와주는 것이었고 다른 선택을 할 수 없었던 부모님은 방 한 칸에 부엌 한 칸뿐인 이 집에 살게 되었다. 방 한 칸에 광이 하나 딸린 오두막 한 채를 더 지은 건 내가 어릴 때였다.

    나는 부모님이 고향으로 돌아온 지 십오 년쯤 지난 뒤 이 집에서 태어났다. 그때는 오빠와 큰언니가 서울로, 부산으로 떠난 뒤였다. 내가 큰언니와 열네 살이나 터울이 나는 건 작은언니마저 어딘가로 떠나면 어머니가 외로워질 것 같아서 나를 가진 거라고 했다. 그렇게 태어난 나는 커다란 감나무 두 그루와 네댓 그루의 참나무가 있는 집에서 이십 년 넘게 살았다. 내가 고등학교에 다닐 때 시멘트 벽돌로 그나마 반듯한 초가와 잇대서 다시 지은 집. 아버지와 어머니가 세상을 떠날 때까지 한 번도 우리 집이었던 적이 없던 집에서.

    그가 그런 우리 집을 처음 본 것은 신혼여행에서 돌아온 뒤였다. 그때 그의 얼굴은 아무렇지 않아 보였다. 그는 그냥 있는 그대로의 나를 사랑했다. 내 그림자만 봐도 설레는 표정이었고 시야에서 나를 놓칠까 봐 항상 눈으로 나를 좇았다. 뺏긴 나라의 가난한 부모님 밑에서 자라 나라를 빼앗은 나라로 돈을 벌기 위해 현해탄을 건넜다 돌아온 내 부모님은 그런 그를 마음에 들어 했다. 사실은 감정 표현이 서투르고 데면데면한 아버지 곁에서 외로움을 탔던 어머니가 더 그를 흐뭇해했다. 평생 바람이 이뤄진 것보다 이뤄지지 않았던 것이 더 많았던 어머니지만 막내딸이 한평생 반듯한 집에서 무탈하게 잘 살기를 바랐다. 그냥 살기 위해 사는 삶이 물려지지 않길 바랐다.

하지만 삶은 어차피 살기 위해 사는 것이었다. 단지 질의 차이만 있을 뿐이었다. 그 차이는 된장국과 육개장의 차이만큼 달랐다. 또는 그랜저와 아반떼만큼 차이가 나는 것이기도 했다. 이를테면 그렇다. 그 차이가 가지는 삶의 격차는 하늘과 땅만큼 간격이 크다. 바로 그 차이가 그로 하여금 한눈을 팔게 한 것 같았다. 밥상의 질이 달라지면 갖고 싶은 것도 많아지게 마련이니까. 그는 먼저 집을 갖고 나자 차를 바꿨고 육개장을 잘 끓이는 또 다른 여자를 핸드폰에 숨겼다. 그런 식으로 그는 자신의 모든 것을 바꾸고 싶어 했다.

이십 년의 시간이 아무것도 아니게 되는 건 한순간이었다. 그의 사랑이 내게서 거두어지고 이십 년 동안의 삶이 아무것도 아니게 되는 순간 결혼과 동시에 얻게 됐던 수많은 호칭은 물 위의 거품처럼 사라졌다. 아내, 작은엄마, 며느리, 형수, 질부 등. 그렇게 나의 모든 호칭이 사라지는 것과 함께 나는 집 없는 사람이 되었다. 결국 그의 집은 나의 집이 아니었던 것이다. 일본에서 돌아온 뒤부터 저세상으로 갈 때까지 몇십 년을 살았지만 끝내 자식들에게 물려지지 못한 부모님의 집처럼.

아마도 내가 그의 집을 떠날 때 이를 악물고 뒤를 돌아보지 않았던 건 그 때문이었는지도 모르겠다.

바람이 부드럽고 햇빛이 맑은 날이었다. 빨갛고 파란 지붕과 푸른 나뭇잎의 색깔이 너무도 선명해서 커다란 구멍만 아니라면 비어 있는 집이라는 느낌이 들지 않을 정도였다. 긴 가시거리와 투명한 대기는 문득 이런 생각이 들게 했다. 가끔 삶에도 이런 날이 있어야 하지 않을까.

배희수와 송미는 옥상으로 올라갔지만 나는 계단에 걸터앉았다. 굳이 옥상으로 올라가고 싶지 않았고 보고 싶은 것들은 계단에서도 충분히 볼 수 있었다. 아니면 배희수나 송미보다 내가 호기심이 더 없어서일 수도 있었다. 대낮인데도 지붕이 파란 집의 구멍에 들어차 있는 어둠이 시커멓게 보였다. 커다란 구멍으로 사람이 살지 않는, 서늘한 기운이 새어 나오는 집. 아마 일층은 대충 개조를 한 가게일 터였다. 이 거리에는 그런 건물이 많았다. 배희수의 차를 타고 로댕과 피카소까지 오는 동안 일 층은 가게를 하고 있지만 이 층은 비어 있는 건물을 여럿 보았다.

오월의 햇빛에 파란 지붕이 더 파랗게 반짝이는 것 같았다. 나는 파란색도 이렇게 아름답다는 것을 처음 깨달았다. 그러자 문득, 저토록 예쁜 집에서 살았던 사람들은 자신들의 나라로 돌아갈 때 한 번이라도 뒤를 돌아보았을까 하는 생각이 들었다. 아니면 귀중품과 먹을 것을 챙겨 자신들의 나라로 돌아가느라 경황이 없어서 그동안 살았던 집 따윈 돌아볼 여유가 없었을지도 모른다. 누리고 있던 것을 모두 잃거나 어쩔 수 없이 버리고 돌아간 그들은 그들의 고향에서 집을 가지고 살았는지 모르겠다.

그런데, 이곳에서 내가 볼 수 있는 건 이것이 전부였다. 목포는 내 부모님이 일본으로 가는 배를 탔다가 고향으로 돌아가기 위해 내린 곳이지 살았던 곳은 아니었다. 사실 나는 저렇게 예쁜 적산가옥이 아니라 긴 일자형 건물에 부엌 대신 토방이 딸린 방이 여러 개 들어 있는 후쿠오카의 집을 봐야 했다. 하지만 이 생각이 드는 순간 또 휴가도 없는 알량한 내 직장이 떠올랐다.

나는 파란 지붕을 바라보며 한숨을 쉬었다. 좁고 딱딱한 시멘트 계단에 한참동안 앉아 있다 보니까 엉덩이도 아파 왔다. 그때 옥상에서 배희수와 송미의 재잘거리는 소리가 들려왔다. 중년의 수다도 맑은 날에는 어린 소녀들의 재잘거림 같다는 생각이 드는 수다였다.

"여기 올라오니까 훨씬 더 잘 보이네."

"그렇지? 정말 참 좋다."

"그래도 여긴 한계가 있어. 적산가옥은 어디까지나 적산가옥일 뿐이잖아. 오래전에 일본인들이 버리고 갔고 원래 목포 사람들이 다시 살고 있는 집."

"원래 일본인들의 정서가 많이 사라지긴 했지."

"그들의 정서가 제대로 배어 있는 현지를 직접 봐야겠어. 어차피 현해탄을 건너 봐야 하니까."

"그래. 그러니까 가자, 일본. 김어진 씨야말로 후쿠오카에 가 봐야 하잖아."

정말 그러니까 후쿠오카는 송미도 꼭 가 봐야 되는 곳이라는 말이었다. 소설을 포기하지 않는 이상 후쿠오카는 어쩔 수 없이 가야 한다. 이 생각이 드는 순간에 또 어렵게 구한 일용직 청소부 자리가 어김없이 떠올랐다. 처음에 시골로 들어가겠다고 작정했을 때부터 가장 걱정했던 것이 일자리였다. 나는 음식도 잘 하지 못했고 마트 같은 데서 일하는 것도 싫어했다. 그렇다고 변변한 자격증이 하나라도 있는 게 아니었다. 그런 내가 할 수 있는 일은 뻔했다. 나는 생활정보지에 초등학교 청소부 자리가 나와 있는 것을 보자마자 한 시간이나 버스를 타고 달려갔다. 하지만 그 자리는 누군가 이미 채용된 뒤였다. 면사무소 청소부 자리는 허탈감에 물이나 사서 마시려고 들어간 마트의 주인 덕분에 구할 수 있게 된 것이었다. "면사무소 박주사가 청소할 사람 좀 알아봐 달라는데 물어볼 사람이 없네." 칠십이 다 되어 가는 마트주인이 또래의 할머니에게 하는 말을 듣고 내가 말했다. "그 자리, 저 말해 주시면 안 될까요?" 면사무소 청소부 자리는 그렇게 해서 얻은 자리였다.

옥상에서 보는 것은 계단에서 보는 것과 별로 차이가 없는 모양이었다. 송미가 배희수에게 이제 그만 내려가자고 하는 말이 들렸다. 하지만 나는 선뜻 계단에서 몸을 일으킬 수 없었다. 그의 집을 나온 뒤 처음으로 영악하지 못했던 내 자신이 한심하게 느껴졌다. 그와 살 때 나는 한 번도 무언가를 내 것으로 만들 줄 몰랐다. 당연히 그의 것이 우리 것이라고 생각했기 때문이었다. 하지만 우리의 것은 없었다. 그와 내가 함께한 삶을 끝내야겠다고 생각했을 때는 그의 것만 있을 뿐이었다. 그런데 그것도 그의 집을 나오기 전에는 그의 부모님의 것으로 바뀌어 있었다. 그렇게 소유의 영역을 지키는데 치밀한 그가 인심 쓰듯 던져 준 돈은 시골에서 겨우 방 하나를 얻을 정도밖에 되지 않았다.

이윽고 등 뒤에서 계단을 내려오는 발소리가 났다. 가까워지는 송미와 배희수의 발소리를 듣고서야 나는 계단에서 몸을 일으켰다. 그리고 옥상을 넘어온 바람을 길게 들이마셨다가 길게 내뱉었다. 하지만 여전히 가슴은 답답하기만 했다. 나는 배에서 꼬르륵 소리가 나는 것을 들으며 파란 지붕과 커다랗게 구멍이 뻥 뚫린 나무 벽을 바라보았다. 그러자 나무 벽의 시커먼 구멍에서 생각 하나가 거미줄처럼 길고 가느다랗게 뻗어 나왔다. 일단 밥을 먹자. 그깟 후쿠오카, 배가 볼록하도록 먹고 나서 생각하자. 내 생각을 읽기라도 한 듯 그때 계단을 다 내려온 배희수가 내 어깨를 토닥토닥 두드렸다.

"배고파. 우리 밥 먹으러 가자. 이 동네에 게살 비빔밥을 기막히게 하는 집이 있어."

"그래. 나도 배고파."

배희수가 어깨를 두드린 사람은 나였는데 대답은 송미가 했다. 송미를 뒤따라 나무계단을 내려가던 배희수는 재미있다는 듯 웃으며 나를 또 돌아보았다.

"밥 먹고 나서 카페도 가자. 카페가 한옥인데 진짜 예뻐. 적산가옥하고 비교해 보는 것도 괜찮을 거야."

"그래?"

나는 거리로 나와서 로댕과 피카소를 다시 바라보았다. 낡고 조약한 건물은 오월의 햇빛 아래서도 우중충한데 여기에 한옥 카페를 대비시키는 것은 쉽지 않았다.

한옥 카페는 게살비빔밥집에서 멀지 않은 곳에 있었다. 산책하듯이 이 가게 저 가게 구경하며 가다 보니 전국적으로 꽤 유명하다는 빵집 근처에 예쁜 기와집이 있는 게 보였다. 출입문 앞에 커다란 비파나무가 있는 카페. 로댕과 피카소와는 다르게 지붕의 선부터 부드러운 한옥 카에 앉아 탁구공만 하게 열린 비파나무 열매를 바라보고 있으려니까 어렸을 적 부모님과 함께 살았던 집의 감나무가 또 다시 떠올랐다.

그 집에 있는 감나무는 수령이 백 년은 넘었을 커다란 나무였다. 오월이면 노란 별 같은 감꽃이 뚝뚝 떨어졌고 초가을이 되면 아직 살이 덜 오른 홍시가 떨어졌으며 늦가을이면 파란 하늘 아래 선홍빛 홍시가 눈부시던 감나무를 누구보다 좋아한 사람은 나였다. 아버지가 크고 모양이 좋은 감을 자신들에게 살 집을 내준 면장에게 갖다줄 때는 억울한 생각이 들었지만 나무에 남은 감이 훨씬 더 많아서 그 생각은 금방 잊어버릴 정도였다. 그마저도 면장 부부가 세상을 떠난 뒤부터는 갖다주지 않아도 되었으니까.

그래도 네 귀가 조금 뒤틀리고 창살이 빈약한 그 집의 문은 그에게도 숨기고 싶은 가난의 상징이었다. 부모님들이 일본에서 돌아오기 이전에 누군가 옹색하게 지었던 집은 내가 고등학교에 다닐 때 허물어졌다. 그 자리에 부모님은 시멘트 벽돌을 쌓아 올리고 슬레이트 지붕을 얹었지만 옹색한 것은 여전했다. 부모님들은 일찍이 나라를 빼앗은 나라까지 가서 돈을 벌고 왔는데도 우리는 커다란 감나무 아래서 마을의 가장 큰 기와집을 바라보며 점심을 먹고 간식으로 삶은 감자를 먹곤 했다. 그리고 나는 이제 사랑 같은 건 절실하지 않은 무주택자가 되어서 오래전 나라를 빼앗은 자들이 살았던 집을 둘러보고 난 뒤 한옥 카페에 앉아 커피 대신 홍차를 주문하고 있었다. 그렇게 김우진과 윤심덕의 이야기를 새롭게 써 보겠다는 송미와 그냥 우리 두 사람을 따라온 배희수와 마주 앉아서.

하긴 나도 그라는 남자와 그럴 듯한 집에서 남부럽지 않게 살았던 적이 있기 했다. 내가 사랑하는 만큼 그도 나를 사랑했으므로 그 집은 누구 한 사람의 집이 아니라 우리의 집이었다. 등기부등본에 등재된 명의는 형식에 지나지 않는다고 생각했다. 하지만 그의 사랑이 나를 떠나면서 등기부등본에 등재된 명의는 중요한 현실이 되었다. 더 이상 우리의 집은 존재하지 않았다. 어떻게 사랑을 잃는 것과 동시에 집 없는 사람이 될 수 있는 것인지 나는 어안이 벙벙했다. 아직까지도 나에게 닥친 일들이 믿어지지 않을 정도였다. 또다시 떠오른 그 생각 때문에 나는 문득 울컥— 하고 목이 멨고 그로 인해 그만 사레가 들리고 말았다.

문창살이 적산가옥처럼 극단적으로 단순하지 않아서 편안하고, 오후 시간대라서 카페 분위기마저 아늑했으므로 할복이나 일본도 같은 무시무시한 생각은 떠오르지 않는데 기침은 쉽게 가라앉지 않았다. 내가 잘못해서 사레에 들렸음에도 나는 또 그게 억울했다. 사실은 내 인생 모든 것이 억울했다. 그에게 잘못한 것이 없었음에도 그는 나를 떠났고 결코 놓치고 싶지 않았음에도 내가 집이 없고 그보다 훨씬 가난하다는 이유로 아이들을 빼앗겼으며 이제 겨우 인생의 반을 넘겼는데 다시 집을 가질 수 있다는 의지조차 잃어버렸다. 나는 눈물을 흘리며 얼굴이 빨개지도록 기침을 하면서 이 생각을 했고 배희수의 부탁으로 웨이터가 갖다준 찬물을 마셨다.

사레는 한 잔의 물로 해결되지 않았다. 물을 다 마시고도 여전히 기침을 하자 배희수가 또 웨이터를 불렀다.

"여기요. 물 한 잔 더 주세요."

스물다섯이나 되었을까, 까만 앞치마를 두르고 드립으로 커피를 내리고 있던 웨이터는 얼음까지 띄운 물을 또다시 내게 갖다주었다. 그때 크로스백에 넣어 둔 핸드폰이 울렸다.

맑고 화창한 오월의 오후에 전화를 걸어 온 사람은 막내아들이었다. 하지만 아들이 걸어온 전화는 통화버튼을 누르기 직전에 끊어져 버렸다. 그러자 깜깜해진 전화기 건너의 알 수 없는 상황이 마구 멋대로 상상되었다. 아들이 제 방에서 전화를 하려고 하는데 무슨 일로 아들 방에 들른 그가 핸드폰을 가로채서 끊어 버렸을 수도 있고 전화를 걸던 아들이 제 아빠를 발견하고 스스로 끊었을 수도 있다. 상황이야 어떻든 아들의 의지로 전화를 끊지는 않았을 거다.

나도 모르게 화면이 깜깜해진 핸드폰을 내동댕이쳤다. 하지만 핸드폰은 멀쩡했다. 테이블 모서리를 맞고 떨어지는 핸드폰을 배희수가 받아냈다. 그때까지도 화가 가라앉지 않은 나는 얼음이 동동 떠 있는 물을 단숨에 들이켰다. 컵에 가득 찬 물을 단숨에 들이켰음에도 뜨거워진 목은 가라앉지 않았다. 이번에는 배희수가 웨이터를 부르기 전에 내가 먼저 불렀다. 그제야 나는 기침이 가라앉았다는 것을 깨달았다.

찬물을 세 잔이나 마셨는데도 목을 넘어오는 뜨거움은 여전했다. 나는 홍차를 앞에 놓고 다시 목울대로 넘어오려는 물을 꾹꾹 눌러 삼켰다.

그런데 내가 홍차를 골똘하게 내려다보는 동안 송미는 창밖을 바라보고 있었던 모양이었다. 겨우 마음을 가라앉히고 고개를 들려고 하는데 누구에게랄 것 없이 송미가 묻는 것이었다.

"저게 무슨 나무야?"

송미의 물음에 나는 송미가 가리키는 창밖을 바라보았고 배희수는 대답했다.

"비파나무."

"그런 나무도 있었어?"

김우진과 윤심덕의 사랑은 알고 있었어도 비파나무는 모르고 있었던 송미는 눈을 동그랗게 뜨고 깜빡였다. 나는 컵 밑바닥에 남아 있는 몇 방울의 물을 홀짝인 뒤 인터넷을 뒤졌던 기억을 들춰 송미에게 부연설명을 해 주었다.

"응, 있어. 꽃은 하얀색으로 십일월에서 십이월에 걸쳐 원추꽃차례에 피며 다 익은 열매는 노란색으로 맛이 좋아. 장미목에 장미과고."

내게 처음 비파나무 열매를 알려 준 건 그였다. 그가 핸드폰에 숨겨둔 여자와 만난 지 얼마 되지 않았을 때였고 그 여자와 어딘가를 다녀온 날이었을 것이다. 친구들과 모임이 있다며 나갔다가 일요일 어스름에 돌아온 그가 불쑥 내민 손에 처음 보는 노란 열매가 들려 있었는데 그게 비파나무 열매였다. 그날 나는 그가 잠든 사이 비파나무를 검색해 봤다. 최대 십 미터까지 자라는 것도 있지만 대부분은 관상용으로 기르는 상록의 키 작은 나무이며 꽃은 하얀색, 열매는 노란색으로 일본과 중국에 분포하고 있는데 우리나라에서는 남부지방에 식재한다고 읽었던 것까지 떠올린 나는 현재의 이 상황이 내 힘으로는 불가항력의 일이었음을 깨달았다. 어떻게 사람의 힘으로 사람의 마음을 다 붙잡고 옮길 수 있겠는가. 하지만 그것이 나의 과오라면 과오였다. 나는 아랫입술을 한숨과 함께 깨물었다.

그때 다시 송미가 말했다.

"왠지 눈을 감고 있으면 피리 소리 비슷한 아름다운 선율이 들릴 것 같아. 바람 부는 날에는 그 옛날의 여진족이 말을 타고 내려올 것도 같고. 어떻게 나무 이름이 비파래?"

소설 쓴다는 여자가 비파나무를 몰랐다는 것도 신기한데 피리 소리가 들릴 것 같다는 말에 배희수는 재미있다는 표정으로 송미의 얼굴을 들여다봤다.

"그렇지? 나무 이름만 들으면 진짜 비파 소리가 들릴 것 같지? 그런데 진짜 비파라는 악기가 있기는 한가?"

나는 배희수의 시선을 얼굴 가득 받고 있는 송미를 물끄러미 바라보았다. 저런 여자가 김우진과 윤심덕의 입장에서 현해탄을 건너고 그들의 이야기를 다시 해석해서 쓰고 싶어 한다. 그냥 얼마간 연애라는 것을 하고 그 남자가 그 남자니까 만나던 남자하고 결혼했을 여자가. 이제는 그 남자의 집에서 벗어나기 위해 안간힘을 쓴다는 여자가 말이다. 그러니까 우리 세 사람 가운데서 목숨 걸고 사랑을 하는 사람은 아무도 없다는 얘기다. 남자의 사랑을 얻음으로서 집을 갖게 되는 그런 사랑을 하는 사람은 더더욱 없었다. 그런 사랑은 아무나 할 수 있는 게 아니다. 이기적인 사람만이 그런 사랑을 한다. 목숨을 거는 사랑은 더더욱 그렇다.

그래서였을까, 우리 세 사람 가운데 누구도 노래를 부르는 사람은 없었다. 이 정도 시간을 살아왔으면 세 사람 몸통에는 몇 곡의 노래쯤 들어 있을 것인데, 자신도 모르게「목포의 눈물」을 흥얼거릴 법한데 송미는 비파나무만 바라보고 있었고 배희수는 잘 생긴 웨이터가 드립으로 내려 준 커피만 천천히 한 모금씩 마시고 있었다. 그리고 나는 두 손으로 홍차가 들어 있는 컵을 움켜쥔 채 그런 그녀들을 바라보며 적산가옥과 부모님이 살았던 오두막과 후쿠오카를 생각했다. 오래된 집에는 시간에 비례한 이야기가 들어 있다는 것을. 비와 바람과 태양을 견뎌 낸 나무에는 나이테에 비례한 노래가 있을 것이라는 것을. 사람도 이와 다르지 않을 것이며 상처 없는 사람 또한 드물 것이다. 그러자 이제는 정말 사람답게 살고 싶다는 간절함으로 목 안이 울컥- 뜨거워졌다.

나는 따뜻한 컵을 움켜쥔 채 창밖을 바라보았다. 창밖에서는 비파나무가 바람에 흔들리고 있었다. 홀로 겨울을 나고도 주렁주렁 열매를 달고 있는 나무. 바람에 나부끼는 나무를 보자 두꺼운 유리문만 열면 정말 피리 소리가 들릴 것 같다는 생각이 들었다. 혹은 처음 듣는 악기 소리가 들릴지도 모른다. 아니면 '목포는 항구다'라는 노래가 들릴지도. 간절한 기도는 모든 것을 잃어버린 자만이 할 수 있고, 가장 아름다운 소리는 간절한 자만이 낼 수 있는 것이니 소리의 종류는 굳이 상관없을 터였다. 이 생각을 하자 적산가옥의 그 방이 또다시 떠올랐다. 더 이상에 삶에 대한 과오를 저지르지 않도록 경각심을 일깨우는 방.

그제야 퍼뜩 정신이 든 나는 핸드폰 창을 열고 후쿠오카를 검색하기 시작했다.

바람의 말

내가 글자를 배우기 시작하면서 맨 처음으로 쓴 글자는 '하'자였다. 나는 '하'자를 작은방 아랫목 벽에 썼다. 파란색 크레파스로 쓰인 글자는 삐뚤빼뚤했고 'ㅎ'의 동그라미는 세모에 가까웠다. '하'자를 어렵게 간신히 쓴 나는 무슨 글자인도 모른 채 놀러온 소희 앞에서 우쭐해했다. 간식으로 삶은 고구마를 들고 온 작은언니가 벽에 쓰인 글자를 보고 놀랐다.

"이거 네가 쓴 거야? 진짜 네가 썼어?"

나는 고개만 끄떡였다. 속으로는 무슨 글자인지 물을까 봐 겁이 났다. 소희의 눈치도 살펴졌다. 다행히 작은언니는 무슨 글자인지 묻지 않았다. 작은언니는 내가 글자를 썼다는 사실만 중요하게 여겼다. 그럴 만도 했다. 내가 일곱 살이 되자마자 작은언니는 이 주 동안 하루도 빠짐없이 한글을 가르쳤다. 처음에는 내 이름부터 쓰는 것을 가르쳤는데 나는 쉽게 글자를 익히지 못했다. 그런데 '가'자도 쓰지 못하던 내가 '하'자를 썼다. 작은언니가 감격스러워하는 것은 당연한 일이었다.

작은언니가 점심을 먹고 난 뒤 작은방으로 나를 불러들인 것은 설이 지난 어느 날이었다. 이월의 햇살이 눈부신 날, 방 가운데는 쓰다만 작은언니의 연습장이 펼쳐져 있었다. 작은언니가 누런 연습장에 내 이름을 써서 보여 주었다. 박아림. 그때 나는 내 이름을 처음 보았다. 내 이름은 낯선 기호였고 어려운 문자였다. 나는 일곱 살이 될 때까지 글자를 자세히 본 적이 없었다. 세상에는 글자가 널리고 널려 있었지만 모두 나와는 아무 상관없는 것들이었다. 작은언니가 내 이름을 써서 보여 주기 전까지 나는 그렇게 생각했다. 세상에! 이렇게 어려운 걸 나에게 쓰라고? 작은언니가 쓴 내 이름을 본 순간 나는 이렇게 생각했다. 그렇게 생각했기 때문인지 정말 일주일이 지나도록 내 이름의 '아'자도 쓰지 못했다. 작은언니의 글씨 위에 따라 쓸 수는 있었지만 혼자서 쓰지는 못했다. 나는 작은언니가 그런 것도 쓰지 못하느냐고 화를 낼까 봐 조마조마했다. 머리가 나쁘다는 말을 들을까 봐 두렵기도 했다. 다행히 작은언니는 화를 내지 않았다. 그때가 작은언니의 인내심이 가장 좋았던 때였던 것 같다. 내가 아무리 머리를 긁적여도 작은언니는 내 손을 꼭 잡은 채 내 이름을 써 주곤 했다.

햇빛이 화창한 날, 이웃에 사는 소희가 놀러왔다. 나와 동갑인 소희에게 나는 작은언니에게 배운 글자를 자랑하고 싶었다. 하지만 '박'자가 기억나지 않았다. 나는 오래된 작은언니의 파란색 크레파스로 더듬더듬 가나다라마바사아… 할 때 '하'자를 썼다. 삐뚤빼뚤 'ㅎ'을 그리고 비스듬하게 'ㅏ'자를 썼다. 하지만 내가 쓴 글자가 '하'자라는 건 알지 못했다.

내가 쓴 글자를 가리키며 작은언니가 말했다.

"이게 '하'자야. 'ㅎ' 대신 'ㅇ'을 쓰면 '아'자가 돼. 네 이름 가운데 '아'자."

그제야 나는 두 손을 가슴에 모으고 눈을 동그랗게 했다.

아, 이게 '하'자구나.

그 순간 갑자기 세상이 더욱 환해지고 바람이 투명해졌다. 나는 오후의 햇빛이 너무 눈부셔서 문밖을 내다보았다. 그때 수많은 말과 글자들이 산을 넘고 저수지를 건너 날아오는 게 보였다. 날아온 말과 글자들은 대부분 마당의 감나무와 동백나무에 걸렸다. 나뭇가지에 걸리지 못한 말들은 마당을 굴러다니거나 집 뒤의 산을 넘어갔다. 마당을 구르는 말들은 이월의 햇빛에 오랫동안 반짝거렸다.

'하'자 덕분에 모든 글자를 알게 된 나는 육 년 동안 마을 뒷산 너머에 있는 초등학교에 다녔다. 산을 넘고 저수지 건너온 말들이 또다시 바람을 타고 넘어간 산이었다. 그 길을 나는 소희와 함께 다녔다. 어른들이 만들어 놓은 산길에는 산을 넘지 못한 말들이 많았다. 그 말들은 산을 넘지 못해 석영이 되어 있었다. 길을 가다 반짝 빛나는 돌멩이를 주워 보면 어김없이 산을 넘지 못한 말이었다. 소희와 나는 반짝이는 말들을 주워서 주머니에 담았다. 선생님이 소희와 내가 주운 말을 보고 말했다.

"말도 구름과 비슷하구나. 구름이 커지고 커져서 더 이상 하늘을 떠다닐 수 없게 되면 비가 되어서 내리잖아. 내가 보기엔 말도 그런 것 같구나."

길에는 석영 비슷한 돌도 종종 눈에 띄었다. 소희와 나는 그게 말인지 아닌지 헷갈렸다. 그 때문에 가끔 다투기도 했다. 나는 항상 소희에게 말다툼에서 졌다. 소희는 나보다 키가 작았다. 몸도 뚱뚱했다. 소희에게는 오빠가 두 명이나 있었고 내게는 작은언니도 없었다. 소희와 다툴 때마다 소희의 두 오빠는 어떻게 알고 바람처럼 달려왔다. 작은언니보다 다섯 살이나 더 많은 소희의 두 오빠는 잘잘못을 가리지 않았다. 모조건 소희 편이었다. 소희는 제 오빠를 믿고 무엇이든 제 맘대로 하려고 들었다. 하지만 큰언니는 시집을 갔고 작은언니는 너무 멀리 있었다. 나는 외롭고 속상할 때마다 작은언니에게 편지를 썼다. 당연히 작은언니는 소희의 오빠들처럼 달려오지 못했다. 작은언니가 있는 곳은 서울이었다. 서울에 있는 친척 집에서 대학교에 다니는 작은언니는 방학 때도 내려올 수 없겠다고 했다. 보충 강의를 들으면서 아르바이트도 해야 한다는 게 내려올 수 없는 이유였다.

작은언니의 답장이 온 날 나는 국어 숙제를 오래했다. 국어책을 읽다가 '무늬'라는 낱말을 한참 동안 들여다보았다. '무늬'가 무슨 말일까 생각도 했다. 그동안 내가 주웠던 말들 가운데 '무늬'라는 말은 없었다. 바람을 타고 날아다니는 말들 가운데서도 보이지 않았다.

아무리 생각해도 '무늬'라는 말이 어려웠다. 나는 고개를 들어 창문을 바라보았다. 감나무 그림자가 창문에 드리워져 있었다. 감나무 잎사귀의 그림자 사이로 오후의 햇빛이 눈부셨다. 바람이 불어서 나뭇가지가 이리저리 흔들렸다. 햇빛도 따라서 이리저리 옮겨 다녔고 창문에 드리워진 그림자도 따라서 흔들렸다. 나는 그게 '무늬'일지도 모른다고 생각했다. 이를 테면 내 작은언니나 소희의 두 오빠 같은 존재. 사람이든 아니든 내게 힘이 되어 줄 수 있는 것. 내가 이 생각을 하는데 바람에 나뭇잎이 서로 부딪는 소리가 들렸다. 나는 창문에 눈을 가까이 갖다 댔다. 햇빛이 투명한 바람 속에 많은 말들이 나뭇잎에 떨어졌다 튀어 오르고 있었다. 말들이 떨어졌다 튀어 오를 때마다 반짝반짝 빛이 났다. 이것을 사람들은 나뭇잎이 햇빛에 빛난다고 오해했다.

　소희도 사람들처럼 길에서 주운 말을 오해했다. 어느 날 소희가 주운 말은 '아'자였다. 나는 그 '아'자가 감탄을 뜻하기도 한다고 했다. 하지만 소희는 한숨 소리라고 말했다. 소희의 엄마인 시동이네가 '아' 소리를 내면서 한숨을 쉬었다는 거였다. 소희와 나는 '아'자 때문에 학교에서 집에 올 때까지 다퉜다. 그리고 화해도 하지 않은 채 헤어졌다. '무늬'의 뜻을 깨달은 다음날이었다.

　그 뒤부터 나는 혼자 학교에 다녔다. 소희와 함께 다닐 때보다 훨씬 더 많은 말을 주웠다. 나는 길에서 주운 말을 도서실에서 책을 읽을 때 하나씩 꺼내 보았다. 책에는 그동안 만났던 말보다 훨씬 많은 말들이 들어있었다. 하지만 이해할 수 있는 것보다 이해할 수 없는 말들이 더 많았다. 책을 읽다 말고 나는 자주 소희와 함께 넘어다니는 산을 바라보았다. 소희는 이미 집에 돌아가고 없는 오후였다. 혼자 집으로 돌아갈 일이 까마득하게 느껴졌다. 산은 그다지 높지 않았다. 숲이 그렇게 우거진 것도 아니었다. 다만 혼자서 집까지 가는 동안 외롭고 심심했다. 석영이 되어 반짝반짝 빛나는 말들을 혼자서는 다 줍지도 못할 것 같았다. 결국 나는 소희가 무슨 말을 하든 그냥 듣기만 하기로 마음먹었다.

 봄이 끝나 가는 오월 어느 날, 나는 먼저 교문을 나서는 소희를 불렀다. 소희는 나를 돌아보고 잠자코 기다려 주었다. 그리고 내가 가까이 다가가자 앞장서서 걸었다. 학교 담을 끼고 돌아서 산길에 들어서서도 아무 말 없이 걷기만 했다. 바람이 불었다. 남쪽에서 불어오는 바람을 타고 수없이 많은 말들이 날아왔다. 그 가운데서 한 줄기 바람이 내 얼굴을 스쳤다. 때로 어떤 일은 시간이 해결해 주기도 한단다. 그게 말줄임표가 존재하는 이유란다. 나는 말없이 소희의 뒤를 따라 걸었다. 야트막한 산을 넘고 마을 뒤 밤나무 숲 사이를 지났다. 나무 그늘이 길 위에 떨어졌다. 바람이 불 때마다 그늘이 흔들렸다. 나뭇잎 사이로 바람을 타고 날아온 말들이 우수수 떨어졌다. 밤나무 숲 사이로 떨어진 말들은 조금씩 깨지거나 부서진 말이었다. 발밑에서는 조금씩 금이 간 말들이 으깨지는 소리가 났다. 나는 가슴이 답답했다. 벌써 저만치 집이 보이고 있었다. 그때까지도 소희는 묵묵히 앞장서서 길을 걷기만 할 뿐이었다. 소희의 뒷모습은 고집스러웠다. '아자를 갖고 다퉜던 것과 내가 화해하자고 말하지 않은 것 때문에 아직도 화가 풀리지 않은 것 같았다. 사실은 소희보다 내가 더 화가 많이 났다는 것은 모르는 모양이었다.

그전에도 소희와 나는 많이 다퉜다. 소희와 다툴 때마다 소희의 두 오빠는 어떻게 알고 소희와 내 앞에 나타났다. '아자 때문에 다툴 때도 그랬다. 소희의 두 오빠는 언제나처럼 내가 잘못했다고 나무랐다. 소희 오빠의 말은 모음이 구부러지고 끝이 뾰족했다. 구부러지고 뾰족한 말로 '아'자는 한숨 소리라고 우겼다. 나는 감탄하는 말도 되고 한숨 소리도 된다고 했다. 그러자 내 머리에 소희의 둘째 오빠의 주먹이 날아왔다. 그때도 바람이 불고 많은 말들이 바람을 타고 날아왔다. 하지만 내게는 말들이 보이지 않았다.

소희를 뒤따라갈 때도 말들이 나뭇가지처럼 부러져서 사방으로 흩어졌다. 나는 깊게 숨을 들이마셨다 내뱉으며 연두색 밤나무 잎사귀를 바라보았다. 앞으로는 소희의 두 오빠 때문에 어떤 일이든 모조건 참아야겠다는 생각이 들었다. 집에서도 혼자인데 학교까지 혼자 다닐 수는 없었다. 나는 소희를 불렀다.

"소희야. 너, '무늬'라는 말 알아?"

소희가 뒤를 돌아보았다. 나는 애써 미소를 지어 보였다. 집에 들어가기 전에 소희와 화해를 하고 싶었기 때문이다. 그러나 소희는 나를 빤히 쳐다보고 퉁명스럽게 말했다.

"아니, 난 그런 거 잘 몰라. 알고 싶지도 않고."

퉁명스러운 소희의 말도 끝이 뾰족뾰족했다. 모음도 삐딱하게 기울어졌다. 그제야 소희의 생각이 뭔지 어렴풋이 느껴졌다. 누군

바람의 말 69

가에게서 들었던 용의 꼬리와 뱀의 머리라는 말이 떠올랐다. 나는 이제 막 피어나기 시작한 밤나무 잎을 따서 들여다보았다. '무늬'라는 말이 머리에서 계속 맴돌았다. 우리 집 대문 앞에서 나는 다시 소희를 불렀다.

"소희야. 잘 가."

소희는 마지못해 '응.'하고 대답했다. 소희의 말은 끝이 둥글고 흐릿했다. 나는 대문 앞에서 멀어져 가는 소희의 뒷모습을 한참 동안 바라보았다.

나는 가끔 작은언니에게 편지를 썼다. 전화는 할 수 없기 때문이었다. 작은언니는 강의도 들어야 했고 도서관에서 리포트도 써야 했다. 작은언니가 오촌 당숙의 아들 집에 있는 시간은 늦은 밤이었고 그 시간은 내가 잠을 자는 시간이었다.

편지는 잠자기 전에 쓰였다. 나는 언제나 '보고 싶은 작은언니에게'라는 말로 편지를 시작했다. 그 말은 진심이었다. 나는 정말 작은언니가 보고 싶었다. 큰언니와 오빠도 있었지만 내가 보고 싶은 사람은 작은언니였다. 작은언니가 있다면 소희의 두 오빠 따위는 그다지 두렵지 않을 것 같았다. 소희의 두 오빠보다 작은언니가 키도 더 컸다. 물론 소희의 두 오빠나 작은언니는 어른이었다. 나와 친구처럼 서로 쥐어뜯고 싸우지는 않을 터였다. 어른들 사이의 싸움은 기 싸움이었다. 목소리가 크고 눈빛이 강렬하면 이기는 것은 시간 문제였다. 목소리와 눈빛이라면 누구에게도 지지 않는 사람이 작은언니였다. 하지만 작은언니는 커다란 감나무가 있는 검은 기와집으로 돌아오지 않겠다고 했다. 대학을 졸업하면 서울에서 회사에 다닐 거라는 게 작은언니의 생각이었다. 나는 작은언니의 답장을 읽고 한숨을 쉬었다.

내가 편지를 읽고 쓸 때는 바람이 불지 않았다. 어둠 속에서 말들은 나뭇잎이나 나뭇가지에 내려앉았다. 가끔 잠이 오지 않을 때 방문을 열어 보면 깊은 고요가 마당에 가득했다. 아버지와 엄마의 방이 깜깜해서 더 고요하게 느껴진 건지도 몰랐다. 넓은 집에는 아버지와 엄마와 나, 이렇게 세 식구뿐이었다. 한밤중에 소란이 고요 속에 끼어들 틈이 없었다. 나는 그 깊은 고요 속에서 외로웠다. 소희네 집이 부러웠다. 제삿날 큰집에서 늦게 돌아올 때 소희네 집 앞을 지나면 환한 방문 안에서 이야기 소리와 웃음소리가 쉬지 않고 새어 나왔다. 소희의 두 오빠는 낮 동안 바람을 타고 날아 온 말들을 끊임없이 방바닥에 펼쳐 놓는 것 같았다.

소희에게 화해를 시도한 날은 편지를 쓰지 않고 일찍 자리에 누웠다. 그리고 이불을 목까지 끌어올리고 눈을 감았다. 잠은 쉽게 오지 않았다. 기껏 화해를 시도했는데 도도하게 구는 소희의 뒷모습이 다시 떠올랐다. 소희의 뻬딱한 뒷모습이 떠오르자 또 다시 화가 났다. 제대로 화 한 번 내보지 못한 내 자신이 한심하게 느껴지기도 했다. 아무리 소희의 두 오빠가 무섭다고 비굴하게 굴 것까지는 없는데…… 하는 생각도 들었다. 나는 눈을 뜨고 어둠을 노려보았다. 하지만 그것뿐이었다. 곧바로 나는 한숨을 쉬었고 잠이 들기 위해 옆으로 돌아누웠다.

 뜻밖에 작은언니가 왔다. 이번 여름방학 때는 아르바이트도 해야 하고 학점 보충 강의도 들어야 한다고 했는데 종강을 하자마자 내려왔다고 했다. 삼사 개월 만에 내려온 작은언니는 좀 야위어 보였다. 살이 빠져서 더 예뻐지긴 했는데 소희의 두 오빠에게는 상대가 안 될 것 같았다. 소희의 두 오빠는 작은언니보다 키가 더 작긴 했지만 농사일을 해서 팔다리가 장난이 아니었다.
 작은언니의 등 뒤로 부드러운 바람이 불었다. 바람을 타고 날아온 말은 자음과 모음이 또렷했다. 구부러지거나 삐뚤어진 말도 없었다. 작은언니의 말은 억양도 내 억양과 달랐다. 작은언니는 이제 서울 사람이 다 된 것 같았다. 얼굴도 하얗고 말투도 완전히 서울 사람 같은 작은언니가 나를 보고 말했다.
 "소희 오빠가 지금도 무조건 소희 편만 들어? 한 번만 더 소희한테 대들면 죽인다고 주먹을 들이대고?"
 나는 말없이 고개를 끄떡였다. 말을 하면 울음이 나올 것 같아서 할 수 없었다. 나는 눈과 입에 힘을 주고 울음을 참았다. 그건 오랜만에 보는 언니에 대한 예의가 아니라는 생각이 들었다. 그때 또다시 바람이 불어왔다. 바람은 가만히 내 머리칼을 헤집었다. 말하지 않아도 알게 되는 일은 굳이 말하려고 하지 마라. 겨우 울음을 참은 나는 심호흡을 했다. 작은언니가 내 머리를 감쌌다. 작은언니에게서 기분 좋은 냄새가 났다. 작은언니가 말했다.

"다음부턴 너도 가만히 있지 마. 네가 잘못하지 않았는데 주먹이 무섭다고 아무 말도 하지 못하면 소희는 무슨 일이든 너한테 다 뒤집어씌울 거야."

작은언니의 말은 자음과 모음이 또렷했다. 바람이 산을 넘듯 음감도 들어 있었다. 작은언니와 나를 스쳐가는 바람에서는 아아…… 하는 소리가 들렸다. 바람의 말은 감탄하는 소리 같기도 했고 한숨소리 같기도 했다. 나는 잠자코 있었다. 잠깐의 침묵 사이로 그건 작은언니까 할 수 있는 말이라는 생각이 비집고 들어왔다. 나처럼 팔다리가 가늘고 겨우내 감기를 달고 살 만큼 허약한 사람은 할 수 없는 말이었다. 나를 가슴에서 떼어 놓은 작은언니가 두 손으로 내 양 어깨를 붙잡았다.

"아림아. 언니 눈을 똑바로 봐. 넌 소희보다 똑똑해. 소희가 글자를 하나도 몰랐을 때 너는 글씨를 썼어. 그러니까 자신을 가져. 처음에 몇 대야 때릴 수 있겠지. 하지만 계속 달려들면 더 이상 때리지 못해. 소희 오빠는 그럴 수 있는 사람이 못 되니까."

나는 작은언니 눈을 들여다보았다. 작은언니의 두 눈 속에 빼빼 마른 아이가 들어 있었다. 작은언니의 눈을 들여다보는 내 머릿속으로는 소희의 두 오빠 모습이 지나갔다. 소희의 두 오빠는 주먹을 쥔 모습이었다. 또 바람이 불어왔다. 나는 고개를 저었다.

"아니, 아니야. 소희 오빠는 대들지 않을 때까지 때릴 거야. 아마. 무서운 독사도 아무렇지 않게 죽이는 걸 봤어."

다시 작은언니가 말했다.

"아림아. 아니……."

작은언니가 말을 시작하기도 전에 나는 작은언니의 입을 손으로 막았다.

"언니. 사람이 아는 게 없으면 무서운 게 없어. 그런 것 같아."

이번에는 내가 작은언니의 허리를 꼭 안았다. 처음으로 소희에게 두 오빠가 없으면 좋겠다는 생각이 들었다. 소희의 두 오빠만 없다면 소희가 나를 무시할 일도 소희와 다투고 싸울 일도 없을 것 같았다. 소희와 함께 학교에 다니고 노는 동안 나는 자주 억울했다. 나는 작은언니의 허리를 꼭 안고 또 심호흡을 했다. 그런데 갑자기 작은언니의 몸에서 이상한 냄새가 났다. 오래 목욕을 하지 않은 것 같은 냄새였다. 나는 갑자기 다른 냄새를 풍기는 작은언니가 이상해서 재빨리 작은언니를 밀쳐 냈다. 아무래도 나보다 몸집이 큰 작은언니를 너무 세게 밀친 것 같았다. 내가 밀친 작은언니는 꼼짝 않고 서 있는데 오히려 내가 뒤로 나가떨어졌다.

엄마가 동그란 눈으로 내 방문을 열었다. 엄마의 얼굴은 놀란 기색이 역력했다.

"무슨 잠을 그렇게 험하게 자냐? 쿵- 소리에 내 심장이 다 내려앉았다."

나는 침대 아래 떨어진 채 누워서 엄마와 방 안을 둘러보았다. 창문이 환했고 천장의 꽃무늬 벽지가 선명했다. 작은언니는 오지 않았다. 작은언니가 왔다면 엄마는 쇠고기 국을 끓였을 터였다. 하지만 엄마의 등 뒤로 넘어온 건 된장국 냄새였다. 된장 냄새에 감자와 양파와 매운 풋고추 냄새가 어우러져 있었다. 엄마는 방문을 열어 둔 채 돌아섰다.

"빨리 일어나라. 그렇게 마냥 누워 있다 지각할라."

엄마가 내려선 마루 앞에는 아버지가 나타났다. 옷자락이 이슬에 흠뻑 젖은 아버지의 손에는 꽃 한 줌이 들려 있었다. 하얀 설상화였다.

"아직도 누워 있는 거냐? 그만 일어나라."

아버지는 마루 위에 설상화를 내려놓고 수돗가로 향했다. 바람이 아버지 옷자락을 펄럭였다. 아침 일찍 아버지가 들판과 마을에서 들었던 말들이 바람 속에 떠 있는 게 보였다. 아버지의 주머니도 불룩했다. 하지만 그 말들은 형태가 또렷하지 않았다. 나는 아—! 하고 자리에서 일어났다. 방 안의 고요한 공기에 파장이 일어 사방으로 흩어졌다. 그뿐이었다. 아버지는 뒤돌아보지 않았고 해는 점점 높이 솟아오르고 있었다.

학교에 가긴 가야 했다. 소희와 함께 가긴 싫지만 혼자 산을 넘는 것도 싫었다. 마을에서 학교에 다니는 아이들은 소희와 나 둘뿐이었다. 거기다 바람을 타고 날아오는 말들도 너무 많았다. 작은언니를 안았을 때 했던 생각이 또 다시 떠올랐다. 나는 정말 소희에게 오빠가 없으면 좋겠다고 중얼거렸다. 그렇게 된다면 그 애는 거짓말하지 않고 억지도 부리지 않는 착한 친구가 될 수 있을 것이었다. 초등학교 졸업을 몇 달 남겨둔 시간만큼은 그렇게 지냈으면…….

그러면 더 바랄 게 없을 것 같았다. 나는 마루를 내려서서 한숨을 쉬었다. 해가 서쪽에서 뜨지 않는 한 그럴 일은 죽었다 다시 깨나도 없을 것이기 때문이었다.

꿈 때문인지 된장국이 그다지 맛있게 느껴지지 않았다. 나는 국에서 건져 낸 감자를 오래 씹었다. 아버지는 국에 밥을 말았다. 새벽부터 포도밭과 논밭을 둘러본 아버지는 배가 많이 고팠던 모양이었다. 나는 또 국에서 감자를 건지며 아버지를 바라보았다. 어쩐지 아버지가 굉장히 놀라운 이야기를 할 것 같아서였다. 아버지가 세수를 하러 갈 때부터 느낌이 그랬다.

내 예감은 틀리지 않았다. 국에 만 밥을 크게 떠 넣고 우물거리던 아버지가 엄마를 바라보았다.

"저기, 시동이네 큰아들이 드디어 장가를 가긴 가는 모양이야. 어제, 담 달 첫째 토요일로 날 잡았다는데."

국에 만 밥에 가지나물을 얹다 말고 엄마가 아버지를 쳐다보았다.

"그래요? 그래서 어제 하루 종일 시동이네가 안 보였구나."

아버지도 밥 위에 가지나물을 얹었다.

"근데 들었어? 아가씨가 더 똑똑해 보인다는데. 일찍 부모가 세상을 떠나 큰집에서 자랐으니 그렇지, 어디 시동이네 아들한테 시집올 아가씨냐고들 그래."

밥을 먹다 말고 엄마가 고개를 끄떡였다.

"다들 그러더라고요. 그나저나 날 잡아 놓고 시동이네도 눈물깨나 나겠어요. 진짜 큰아들, 쥐약 묻혀 놓은 고구마 때문에 보내고 시동이네 남편은 혼자 저수지로 들어간 지 한 십 년 됐나요?"

나는 국에서 건진 감자를 씹다 말고 아버지와 엄마를 빤히 쳐다보았다. 소희의 오빠가 맞선을 보러 다니는 건 알았다. 하지만 결혼을 하게 될 줄은 몰랐다. 마을 사람들은 누구도 소희 오빠가 결혼할 수 있을 거라고 생각하지 않았다. 나는 다시 국에서 감자를 건져 입에 넣었다. 나한테도 괜찮은 소식이라는 생각이 들었다. 소희와 다투거나 싸울 때 최소한 소희의 두 오빠가 함께 나타날 일은 없을 것 같았다. 갑자기 입맛이 확— 당겼다. 나는 아버지처럼 국에 밥을 말았다. 그리고 볼이 미어지도록 밥을 푹푹 퍼서 먹었다.

연필이 사라졌다. 연필뿐만 아니라 공책도 보이지 않았다. 하지만 나는 계속 가방과 책상 속을 뒤졌다. 작은언니의 편지가 떠올랐다. 이거 언니가 아르바이트 해서 산 것이야. 우리 막내 공부 열심히 해야 돼. 작은언니가 보내 준 연필과 공책은 내가 쓰고 있던 것과는 그림이 달랐다. 캐릭터가 최신 버전이었다. 금방이라도 연필 겉과 공책 표지에서 튀쳐나올 것처럼 음영이 살아 있었다. 친구들은 연필과 공책을 들여다보고 만지고 또 들여다봤다. 소희만 친구들 어깨 너머로 물끄러미 바라보다 제자리로 돌아갔다. 가방을 뒤지다 마침내 털어 보기까지 한 나는 잠시 동안 허공을 뚫어지게 응시했다. 아무리 해도 연필과 공책이 사라진 게 이해가 되지 않기 때문이었다. 연필과 공책은 소포로 받은 지 하루도 지나지 않은 거였다. 아침에 학교 와서 교실을 벗어난 적도 없었다. 내 자리를 떠나지도 않았다. 아무리 생각해 봐도 어떻게 연필과 공책이 사라졌는지 알 수 없었다. 나는 한숨을 길게 내쉬었다. 작은언니에게는 그래도 언니가 사준 연필과 공책으로 열심히 공부하겠다고 답장해야겠다는 생각이 들었다. 이렇게 생각해 놓고도 하루도 제대로 써 보지 못한 연필과 공책이 자꾸 떠올랐다. 갑자기 입안이 바짝 마르는 것 같았다. 나는 물을 마시기 위해 자리에서 일어섰다. 뒷자리의 친구가 내가 빌려준 동화책을 들여다보다 말고 나를 따라 일어났다. 그 순간 무언가 알 수 없는 무언가가 내 등을 세차게 후려치고 지나갔다. 일 교시와 이 교시 사이의 쉬는 시간이 갑자기 떠올랐다. 내가 등을 돌려 뒷자리 친구에게 동화책을 빌려주는 사이 누군가는 내 새 연필과 공책을 가져갔을 거라는 추측이 계속 반복해서 머릿속을 가로질러 다녔다. 교실 창밖에는 바람이 불었고 나뭇가지가 흔들렸지만 바람에 실려 떠다니는 말은 보이지 않았다.

뜻밖에도 연필과 공책은 소희의 책상과 가방에 있었다. 사 교시가 끝난 뒤 소희가 연필과 국어책을 넣는데 최신 버전의 캐릭터가 한눈에 들어왔다. 매우 짧은 시간이었지만 나는 그 캐릭터를 한 눈에 알아보았다. 부드럽게 날리는 머리칼과 강렬한 눈빛과 갸름한 얼굴과 곧 끊어질 것처럼 가냘픈 허리를 가진 캐릭터는 지금까지 봐왔던 캐릭터와 차원이 달랐다. 거기다 손바닥에는 커다란 금빛별을 무기로 장착하고 있었다. 아울러 머리에 두른 금빛 두건이 눈에 확— 들어왔다. 파란색과 노란색의 금빛은 수백만이 운집한 집회현장에서도 금방 알아볼 수 있는 대비색일 터였다.

하지만 소희는 턱을 높이 치켜들고 어이없다는 표정을 지었다.

"어떻게 너는 이런 연필과 공책을 너만 가지고 있을 거라고 생각해? 이걸 만드는 공장에서는 이거 한 개만 만드는 줄 알아?"

나는 뻔뻔한 소희의 눈을 똑바로 바라보았다.

"이건 최신상이야. 이런 시골까지 아직 내려오지 않았다고."

소희는 코웃음을 쳤다.

"너만 소포로 이걸 보내 주는 사람이 있는 줄 알아? 나도 우리 올케언니가 서울에서 사다 줬단 말이야."

내가 알기로 소희의 올케언니는 서울에 산 적이 없었다. 그 여자가 살았던 곳은 읍내 시장터 옆이라고 나는 아버지에게 들었다. 바람이 뻔뻔한 소희와 어이없어 하는 나를 스쳤다. 나는 주먹을 쥐었다.

"네 올케언니는 읍내 시장터 옆에 살지 않았어?"

이번에도 소희는 코웃음을 쳤다.

"야, 이 멍청아. 누가 서울에 살았다고 했냐? 서울에서 사다 준 거라고 했지. 우리 오빠랑 올케언니, 서울로 신혼여행 갔다 온 거 모르지?"

더 이상 나는 아무 말도 할 수 없었다. 직접 보지 않은 사실을 아니라고 부인할 근거는 어디에도 없기 때문이었다. 부인할 근거가 없는 사실은 아니라고 증명하지 못한 자에게 부메랑이 되어 되돌아오는 법이었다.

학교에서 집으로 돌아와 작은집에 엄마의 심부름을 가는데 소희 두 오빠가 나타났다. 결혼한 지 한 달이 넘은 소희의 큰오빠가 말했다.

"너, 우리 소희한테 도둑이라고 했냐?"

나는 고개를 저었다.

"아니요. 내 것하고 연필과 공책이 똑같아서 내 거 아니냐고 물어본 것뿐이에요. 소희는 그런 게 없었으니까."

이번에는 소희의 작은오빠가 나섰다.

"그 말이 그 말이지. 너 또, 우리 소희한테 그런 말 하면 그때는 진짜 가만 안 둔다."

소희의 두 오빠는 내 눈 바로 앞에 두 주먹을 쥐어 보이고 돌아섰다. 소희네 집 감나무 아래서 키 크고 예쁜 소희의 올케언니가 두 남자를 기다리고 있었다. 나는 길 가운데 꼼짝 않고 서서 세 사람이 작은 기와집 안으로 사라지는 걸 지켜봤다. 그들이 사라지고 나자 나도 모르게 눈물이 나왔다. 주먹도 쥐어졌다. 눈물도 주먹도 의도한 것은 아니었다. 나도 모르게 아랫입술이 말아졌고 눈물이 흘러내렸고 주먹이 쥐어졌을 뿐이었다. 또 바람이 불어왔다. 바람에서 아아— 하는 글자들이 읽혀졌다. 그것이 탄식인지 비명인지는 분명하지 않았다. 어느 순간부터 바람의 말들은 가볍고 건조해졌다. 나는 길 가운데 서서 바람의 말을 흉내 냈다. 아아—. 다른 말들은 눈에 들어오지 않았다.

며칠 뒤부터 마을에는 이상한 말들이 떠다녔다. 말들은 바람에 실려 이웃 마을까지 퍼져 갔다. 사람들 손에 입에 올리기 민망한 말들이 자꾸 걸렸다. 사람들 손이 흡사 나뭇가지 같았다. 사람들은 손에 걸린 말을 들여다보고 깜짝 놀라서 손을 털었다. 하지만 사람들 손에는 똑같은 말이 자꾸 또 날아와서 내려앉았다.

—시동이네 셋째, 아니 둘째하고 제 형수하고 그렇고 그런 사이래.

—누가 늦은 밤에 저수지 둑에서 둘째하고 형수가 만나는 걸 봤대.

—사람이 모자라니까 제 동생한테 마누라를 도둑맞나 봐.

—사람이라면 형보다 잘 생기고 더 똑똑한 동생한테 눈이 갈 거야.

—시동이네, 뭔 일이래? 아이들 아버지는 혼자 저수지로 들어가고 진짜 큰아들은 쥐약 먹고 이제는 형수와 시동생의 통간이라니…….

바람에 실린 말들은 점점 더 멀리 날아갔다. 이웃 마을의 이웃 마을, 그 이웃 마을의 이웃 마을까지 퍼져 갔다. 말들은 멀리 날아가면서 나무 위에도 내려앉고 길에도 내려앉았다. 길을 가던 사람들이 또 나무 위에 내려앉은 말과 길에서 석영이 된 말을 주워 들고 기겁했다. 그들은 멀리 다른 지방에서 온 사람들이었다. 사람들이 이상한 말을 주울 때 바람에서는 아—아— 하는 소리가 났다. 사람들도 바람의 말을 흉내 냈다. 아—아—.

이렇게 이상한 말들이 바람에 실려 멀리 퍼져 가는데도 소희네 집으로는 그 말이 날아가지 않았다. 소희네 가족은 무슨 말이 바람에 실려 사방을 떠다니는지 알지 못했다. 사람들은 손가락에 걸린 바람의 말을 이야기 나누다가도 소희네 식구가 오면 이야기를 뚝 그쳤다. 소희네 식구들은 자꾸 고개를 갸웃거렸다. 마을 사람들이 '시동이네'라고 부르는 소희 엄마도, 소희의 두 오빠도, 소희의 올케 언니도, 소희도 사람들 눈치를 살폈다.

　사람들이 한마디씩 말을 보태면서 바람에 실린 말은 점점 무거워졌다. 무게를 이기지 못한 바람은 갈수록 거세졌다. 거센 바람에 콩과 참깨가 쓰러지고 감나무 가지가 부러졌다. 아침마다 농장과 논밭에 다녀온 아버지가 걱정했다. 마을 사람들도 표정이 어두워졌다. 마을과 마을들은 또 다른 말들로 술렁였다. 이 수상한 기미를 알아채기라도 한 듯 일기예보에서는 태풍이 올라오는 중이라고 했다.

　나는 바람이 불어올 때마다 숨을 죽이고 귀를 기울였다. 학교에 오갈 때는 침묵으로 일관했고 밥을 먹을 때는 아버지와 엄마의 대화를 주의 깊게 들었다. 작은언니는 여전히 집에 돌아오지 않고 있었다. 그곳에도 바람이 부는지 묻고 싶었지만 작은언니에게 전화하는 일은 어려웠다. 얼마 전에 아버지가 작은언니에게 핸드폰을 사주었지만 작은언니는 벨 소리를 거의 무음으로 해 놓고 지냈다. 나는 자주 '무늬'라는 말을 떠올렸다. '무늬'라는 말이 떠오를 때마다 왠지 가슴이 떨렸다.

　무거워진 말보다 사람이 바람에 날려갈 것 같은 날이었다. 나는 거세게 불어오는 바람을 묵묵히 지켜보았다. 태풍에 실려서 날아오는 말은 알아보기 힘들었다. 마루에는 부서진 '아'자가 날아왔다. 마루 위에 날아온 글자는 '아'자뿐이었다. 가끔 손에 잡히는 자음과 모음을 조합해 보았지만 다른 글자는 보이지 않았다. 자정이 지나자 나는 지쳤다. 시계가 새벽 한 시를 가리켰다. 그때 우우— 하는 소리가 들렸다. 그것이 무슨 뜻인지 알아보고 싶었지만 머리가 너무 무거웠다. 나는 잠을 자고 싶었다. 하지만 태풍이 불어서 깊은 잠을 잘 수 없었다. 내가 물속처럼 깊은 잠에 빠진 건 태풍이 지나간 새벽녘이었다. 농장과 논밭을 둘러보고 온 아버지가 나를 깨웠다.

"아림아! 빨리 일어나라. 학교 늦겠다."

아버지 등 뒤에서는 감자와 양파와 호박과 매운 풋고추를 넣고 끓이는 된장국 냄새가 났다. 감자와 호박과 매운 풋고추를 넣은 된장국을 엄마는 여름 내내 끓이고 있다는 생각이 들었다. 나는 느릿느릿 자리에서 일어나며 아버지 등 뒤로 눈부신 바깥을 내다보았다. 믿을 수 없을 정도로 세상은 고요했고 말짱했다. 마루의 찢긴 나뭇잎과 마당의 부러진 감나무 가지 몇 개가 태풍이 지나간 흔적을 말해 주고 있었다.

밥을 먹을 때 아버지는 포도 농장과 논밭의 상황을 이야기했다.

"포도밭 비닐하우스를 다시 손봐야겠어. 쓰러지지는 않았는데 비닐이 많이 뜯겨졌어. 벼는 스스로 일어서도록 놔두는 수밖에 없겠고. 고추는 똑바로 세워서 밟아 준 뒤 지지대에 다시 묶어 줘야 할 것 같고······."

언제나처럼 아버지는 국에 밥을 말았다. 숟가락에 가득 뜬 밥 위에는 가지나물을 얹었다. 밥을 한 입 우물거리고 난 아버지가 문득 손을 멈추었다.

"참, 시동이네 둘째가 간밤에 사라졌다는데. 아무리 찾아도 보이지 않더래."

나는 잠깐 국에서 감자를 건져 먹다 멈추었다. 아버지의 말에 뭔가 훔치다 들킨 사람처럼 가슴이 덜컥 내려앉는 것 같았다. 하지만 나는 애써 태연하게 감자를 건져 입에 넣었다. 감자를 우물거리는 동안 나도 모르게 저수지 쪽으로 자꾸 눈이 갔다. 이상한 일이었다. 언제나처럼 저수지는 파랗고 잔잔했다. 내 머릿속에는 계속 아버지의 말이 떠돌았다. 시동이네 둘째가 간밤에 사라졌다네. 아무리 찾아도 보이지 않았다네. 아버지의 말을 떠올리는 동안 '아'자와 '우'자가 부서져 마구 뒤섞였다. 마당에는 정체를 알 수 없는 바람이 불었다.

밥은 아무리 먹어도 줄지 않았다. 그릇에 가득 차지 않은 밥은 그대로였고 국그릇에는 국물만 남았다. 그럼에도 나는 다시 국물을 휘저으며 감자를 찾았다. 그 순간 내 등으로 엄마의 손이 날아왔다.

"빨리 먹고 학교 안 가? 아침 내내 감자나 찾고 밥알만 세고 있을래? 지금 정신을 어디다 두고 있어?"

그제야 나는 국에 밥을 말았다. 제대로 씹지도 않은 밥이 겨우 식도를 넘어갔다. 시계도 보았다. 앞만 보고 죽어라고 뛰지 않으면 지각할지도 모를 시간이었다. 나는 작은언니가 사 보내준 가방을 메고 달렸다. 아슬아슬하게 지각은 모면한 것 같았다. 그런데 소희가 보이지 않았다. 담임이 내게 소희를 물었다.

"소희가 왜 아직 오지 않는지 아니? 태풍 때문에 소희 집에 무슨 일 생겼어?"

나는 국어책과 공책을 꺼내다 말고 담임을 바라보았다.

"간밤에 소희의 둘째 오빠가 사라졌다고……. 지금쯤 마을 사람들이 찾고 있을 거예요."

하루 종일 아무것도 머릿속에 들어오지 않았다. 담임은 뭔가 열심히 설명했지만 나는 머릿속으로 마을 사람들을 따라다녔다. 마을 뒷산과 계곡과 마을 앞 저수지가 번갈아 장면을 바꿔 떠올랐다. 소희 오빠가 얼마나 나쁜 사람인데……. 이 말을 주문처럼 외워도 소용없었다. 나는 겨우 수업이 끝나자마자 집으로 달렸다.

소희의 둘째 오빠를 찾긴 찾았다고 했다. 작은아버지가 저수지 둑 앞에서 소희의 둘째 오빠를 건져 냈다고 엄마가 말해 주었다. 아버지는 보이지 않았다. 아랫집 지붕을 넘어 시동이네 울음소리가 슬프게 넘어왔다. 나는 가방을 멘 채 마루에 주저앉았다. 아랫집 지붕에 가려 소희네 집은 보이지 않았다.

나는 내가 무섭고 두렵다는 생각이 들었다. 어른이 되어서도 나는 큰집에 가지 못할 수도 있겠다. 한동안 저수지 둑도 쳐다보지 못할 것이다. 사실 초여름 밤에 본 사람은 소희의 둘째 오빠와 올케언니가 아니었다. 둑에서 뒹군 것은 처음 보는 남자와 여자였다. 하지만 나는 소희네 가족을 잘 모르는 사촌 언니에게 이렇게 말했다.

"엄마야! 저 사람들, 소희네 둘째 오빠하고 올케언니 아니야? 아

바람의 말 85

닌가?"

내가 한 것은 그것뿐이었다. 나머지는 바람이 알아서 해 주었다. 자음과 모음을 부풀려 주었고 민들레 씨앗처럼 사방으로 날려 주었다. 알아서 '아'자와 '우'자를 부쉈고 사방에 뿌렸다. 바람은 오해의 습성을 너무도 잘 알았다. 소희의 둘째오빠는 오해의 습성을 몰랐다. 나는 팔에 돋은 소름을 천천히 쓸어내렸다. 그리고 조금 더 교활하고 대담해지기로 마음먹었다. 모든 일은 이왕에 벌어진 것이었다.

바람이 불었다. 태풍이 지나간 뒤의 바람은 부드럽고 선선했다. 나는 앞산을 바라보았다. 많은 말들이 바람에 실려 날아오는 것이 보였다. 내가 처음 '하'자를 썼을 때보다 훨씬 많은 말들이 산을 넘고 저수지를 건너 날아오고 있었다. 말들은 감나무 가지와 마당과 마루에 내려앉았다. 곧 석영이 될 말들이었다. 나는 눈부신 말들이 마음에 들었다.

나는 쉴 새 없이 날아오는 말들을 향해 손을 내밀었다. 그리고 손바닥을 활짝 펼쳤다.

모든 고양이의
이름은 다 나비다

높은 건물 사이로 해가 사라졌다. 골목은 지평선으로 해가 다 넘어가기도 전에 어두워지기 시작했다. 주위에 있는 높은 건물들 때문이었다. 낮은 담장 옆에 세워진 자동차 사이는 이미 껌껌했고 길바닥에는 연기처럼 어둠이 깔렸다. 그 위로 차가운 저녁 바람이 불었다.
　나는 케이와 함께 파랗게 날선 바람을 등지고 걸었다. 발밑에서 얼음 깨지는 소리가 저벅저벅 울렸다. 낮 동안 질척하게 녹았던 눈이 어느새 얼음으로 변해 있었다. 여기저기서 된장찌개 냄새나 김치찌개 냄새가 고등어 굽는 냄새와 함께 풍겨 왔다. 예나 지금이나 변함없이 가난한 동네였다. 작은 쌀가게 앞을 지날 때 나는 이 동네에서 한 번도 고기 냄새를 맡아 보지 못했다는 것을 깨달았다.
　음식 냄새를 피우지 않는 집은 한 집도 없었다. 이 가난한 동네 사람들은 해가 지기 전에 밥을 먹고 일찍 잠자리에 드는 모양이었다. 하긴, 도시를 떠날 수 없다면 세상을 모른 척하는 게 현명한 일일지도 몰랐다. 불이 환하게 켜진 미장원 앞을 지나면서 케이와 나는 이 동네에서 처음으로 고기 볶는 냄새를 맡았다. 고기 볶는 냄새 때문에 케이와 나는 배가 더 고파졌다.

식당은 좁은 골목의 네 갈래 모퉁이에 다다랐을 때 발견되었다. 와이가 일러 준 식당은 멀리서도 허름하고 아주 작아 보였다. 길 한가운데서 케이와 나는 서로를 바라보았다.

"저런 곳의 음식이 의외로 맛있을 수 있어."

"나도 그렇게 생각해. 그러니까 저기서 밥을 먹고 나서 잘 곳을 알아보자."

그때 머리가 허연 중년의 사내가 작은 식당으로 들어간 게 보였다. 사내가 내려온 반대편에는 오래된 아파트 단지가 있었다. 케이와 나는 중년의 사내가 들어간 식당으로 향했다. 발밑에서는 또 얇은 얼음이 와자작 부서지는 소리가 났다. 몸집이 크고 통통한 고양이들이 낡은 자동차 밑에 웅크리고 앉아서 케이와 나를 지켜보고 있었다.

케이가 걸음을 멈췄다.

"나비야!"

하지만 고양이는 꼼짝도 하지 않았다. 케이와 나를 경계하는 눈빛이 파랗게 빛났다.

고양이는 한두 마리가 아니었다. 몇 걸음 가지 않아서 낡은 트럭 밑으로 걸어가는 고양이도 보였고 작은 자동차 밑에서 기어 나오는 고양이도 보였다. 검거나 줄무늬가 있는 고양이들이었다. 케이는 고양이를 볼 때마다 걸음을 멈추고 아는 체를 했다.

"나비야."

유난히 고양이가 많은 동네라는 생각이 들었다. 예전에 이 동네에서 애완용으로 고양이를 많이 키웠다는 말을 얼핏 들은 기억이 났다. 아마도 그 고양이들이 일부 골목으로 내몰린 것 같았다.

나는 고양이를 볼 때마다 걸음을 멈추는 케이를 재촉했다.

"지금 고양이나 부르고 있을 때가 아니야. 우리는 빨리 밥을 먹어야 해."

"그래, 알아."

작은 식당 앞에 다다르자 골목 쪽으로 향해 있는 주방문이 열려 있는 게 보였다. 주방은 조금 지저분했는데 고양이는 그곳에도 있었다. 케이는 또 주방문 앞에 멈춰 서서 생선 대가리를 먹고 있는 고양이를 불렀다.

"나비야!"

그 사이 날은 완전히 어두워져 버렸다. 어스름마저 사라지고 나자 작은 식당의 불빛은 더욱 환해졌다. 생선 대가리를 먹고 있는 회색 고양이 옆의 연탄 화덕 위에서는 돼지고기가 지글지글 익고 있었다. 그제야 케이는 나를 앞장서서 식당으로 들어가더니 돼지고기 구이를 주문했다.

잠에서 깬 순간 가장 먼저 눈에 들어온 것은 창문이었다. 지난밤 작은 식당의 주인이 가르쳐 준 모텔의 창문은 특이하게도 세모 모양이었다. 성에가 끼어 있는 세모 난 창으로 새벽의 빛이 희미하게 비쳐 들고 있었다. 불을 켤 필요가 없었다.

세모난 창문을 닦고 밖을 내다보았다. 모텔 맞은편에 있는 민영 방송국이 가장 먼저 눈에 띄었고 거리는 회색빛으로 텅 비어 있었다. 넓은 도로에는 어쩌다 자동차가 한 대씩 지나갈 뿐 사람의 그림자는 하나도 보이지 않았다. 건너편으로 보이는 가게들 문은 꼭꼭 닫혀 있었고 모든 건물들 지붕에는 눈이 녹은 곳에 서리가 하얗게 내려앉아 있었다. 맑은 날이긴 했으나 무척 추워 보이는 날씨였.

나는 케이를 흔들어 깨웠다. 그때까지 이마의 머리카락이 촉촉해질 정도로 땀을 흘리며 자던 케이가 벌떡 일어나 앉았다.

"어, 언제 일어났어?"

"조금 전에."

케이도 세모난 창으로 다가가서 밖을 내다보았다. 케이가 세모난 창을 절반이나 가렸다. 케이의 머리 위로 어디선가 나타난 새가 보였다. 그 사이 방 안은 조금 더 환해졌고 케이는 세모난 창에서 돌아와 내 앞에 앉았다.

"와이가 말한 사람을 섭외하는 일이나 케이크를 사는 건 좀 있다 하는 게 좋겠어. 생일파티를 가장한 모임은 늦은 오후에 할 것이고 지금 사람을 만나는 건 좀 그럴 것 같아."

몸이 식어서 춥다는 듯 케이는 다시 이불 속으로 파고 들었다. 나는 다시 세모난 창을 바라보았다.

"내 생각도 그래. 근데, 아무리 이른 아침이라지만 어떻게 거리에 한 사람도 보이지 않을 수가 있지?"

"그러게. 근데, 사람을 만나고 케이크만 전달하면 좀 쉴 수 있겠지? 오늘은 좀 푹 쉬고 싶다는 생각이 들어."

"아마도 쉴 수 있을 거야. 얼마큼 쉴 수 있을지 모르지만."

나도 케이를 따라서 이불 속으로 들어갔다. 방바닥은 여전히 따뜻했다. 나는 밖이 조용하고 사람들이 보이지 않는 게 어떤 징조인지 알 수 없어서 불안했다. 다행히 지난밤 식당 여주인은 이 도시가 처한 위험에 대해 관심이 없어 보이긴 했다. 파리의 여배우처럼 쌍꺼풀 수술을 한 식당 여주인은 가난한 동네에서 작은 식당을 하게 된 게 운이 좋았다고만 했다. 머리가 허연 중년남자도 그 말에 이렇게 가난한 동네의 가장 낡은 집에 살고 있어서 다행이라고 거들었다. 중년 남자의 말을 듣고 나는 낡은 아파트 단지 근처에 오래된 주택가가 있는 모양이라고 짐작했다.

천장을 바라보며 누워 있던 케이가 나를 돌아보았다.

"그런데, 그전에 우리 뭘 좀 먹어야 하지 않겠어?"

그 말에 나는 고개를 끄떡였다.

"아직 그 집은 문을 열지 않았을 거야. 이따 간단하게 방송국 앞에서 김치찌개나 먹자. 저녁은 공원 앞에서 국밥에다 소주 한 잔 해야 할 테니까."

우리는 지난 밤 식당 여주인에게 어느 모텔이 괜찮은지와 작은 식당에서 아침도 먹을 수 있는지를 물어보았다. 우리의 물음에 여주인은 북쪽으로 오 분쯤 거리에 있는 삼 층짜리 모텔이 괜찮다고 하면서 자신은 정오가 지나서 문을 연다고 말했다.

하는 수 없다는 듯 케이는 고개를 몇 번 주억이고 나서 눈을 감았다. 나는 천장에 시선을 두고 밖에 귀를 기울였다.

와이의 말대로 공원 앞은 줄을 지어 늘어서 있는 포장마차들로 인해 북적거렸다. 와이를 한 번도 본 적이 없지만 케이와 나는 날마다 티브이에 나오는 왕보다 더 그를 신뢰했다. 그럴 수밖에 없었다. 왕은 티브이만 켜면 나와서 나라의 안녕과 질서를 외쳐 댔지만 이 도시는 그 어느 때보다도 불안했다. 나라의 안녕과 질서를 위해 비상계엄령을 선포했다는 왕의 말은 이 도시의 시민들은 믿지 않았다. 이 도시의 몇몇 의식 있는 자들은 비상계엄령을 철폐시켜야 한다고 강력하게 한 목소리로 외쳐 댔다. 그러니까 케이와 나는 와이를 통해 의식 있는 자들의 지시를 전달받고 또 다른 조직원에게 그 지시를 알리거나 시행하고 유인물 같은 물품을 전해 주는 임무를 맡고 있는 사람들이었다.

케이와 내가 공원 앞의 고흥집을 들어섰을 때 그는 까만 가방을 옆자리에 놓고 돼지고기 국밥을 먹고 있었다. 와이가 말해 준 대로 평범한 모습이었다. 짧고 단정한 머리와 깨끗한 점퍼 차림은 동사무소에서 퇴근한 말단 공무원을 연상시켰다. 나는 작은 점 아래 있는 그의 두툼한 윗입술을 보고 와이가 말해 준 사람이 맞다는 것을 알 수 있었다.

다행히 그의 옆에 있는 탁자가 비어 있었다. 나는 비어 있는 탁자 앞을 가서 케이에게 맞은편 자리를 가리켰다.

"여기밖에 빈자리가 없네. 뭐 먹을래?"

열 개 정도의 탁자가 놓여 있는 가게 안을 재빨리 훑어본 케이는 맞은편 플라스틱 의자에 털썩 주저앉았다.

"옆자리 아저씨 보니까 나도 돼지머리고기 국밥이 먹고 싶은데?"

나는 자주색 스웨터를 입은 주인 여자를 불렀다.

"여기, 돼지머리고기 국밥 하나하고 순대국밥 하나 주세요. 찹쌀순대 말고 옛날 순대로요."

그때 옆 탁자 앞에 앉아서 꾸역꾸역 국밥을 먹고 있던 그가 우리를 잠깐 돌아보았다. 그리고 국밥을 먹다 말고 그제야 생각났다는 듯 소주를 시키더니 연거푸 두 잔을 따라 마셨다. 주인 여자가 그에게 찹쌀순대와 돼지 간 몇 점을 더 갖다 주었다.

국밥을 다 먹고 난 뒤 다시 소주를 한 잔 따라 마신 그는 갑자기 내 앞에 잔을 내밀었다.

"같이 한 잔 안 하시겠어요? 혼자 마시려니까 잘 들어가지 않아서요."

나는 순대 한 점을 국물 속에서 건져 입에 넣다 말고 엉겁결에 그의 잔을 받아 마셨다. 그에게 말을 걸 기회를 찾고 있던 나는 돌려주는 잔에 술을 채우며 말했다.

"그러지 말고 우리하고 합석하시죠?"

내 말이 끝나기 무섭게 그는 "그럼, 그럴까요?" 하면서 케이와 내가 밥을 먹고 있는 자리로 옮겨 왔다. 와이의 지시대로 자연스러운 접선이었다. 아무리 경력이 화려한 왕의 경찰이라 해도 이런 식의 접선은 의심하지 못할 것 같았다. 식당 안에도 날카로운 눈빛이 하나 보이긴 했지만 그는 곧 자신이 먹던 국밥 그릇에 코를 박아 버렸다. 나는 그가 숟가락 위에 깍두기를 얹는 것을 곁눈으로 쳐다보며 와이의 말을 떠올렸다. 되도록 일상적인 만남으로 가장해라. 은밀함은 자연스러운 방식이 어려울 때 하는 것이다.

그의 이름은 유였다. 그 이름은 본명이 아니었다. 케이와 나 역시도 본명을 사용하고 있지 않기 때문에 그의 이름이 본명이 아니라는 것쯤은 쉽게 알아챌 수 있었다.

유를 만난 그날 밤에 내려진 와이의 지시는 비교적 간단했다. 식당 여주인이 알려 주었던 모텔로 돌아가기 전에 담배를 꺼낸 유가 빌려준 라이터 대신 아주 작은 라디오를 건네주었다. 천변의 다리 앞 횡단보도 앞에서였다. 나도 라이터를 받듯 라디오를 건네받았다. 라디오의 용도나 전달해야 할 장소에 대해서는 묻지 않았다. 케이와 나는 짐짓 이 도시에 처음 여행 온 사람처럼 주위를 둘러보았다. 그때 불을 붙인 담배를 한 모금 빨고 난 유가 문득 생각났다는 듯 케이와 나를 쳐다보았다.

"한잔 더 했으면 좋겠는데 난 여기서 헤어져야 할 것 같습니다. 왕의 경찰들도 그렇고 임신한 아내가 기다리고 있어요. 아, 이 도시의 관광객처럼 보이려면 이것도 필요할지 모르겠어요."

까만 가방을 더듬던 유는 잠시 후 뭔가를 손에 들고 내밀었다. 유가 나에게 내민 것은 여러 겹으로 접은 관광지도였다.

"뭐, 참고삼아 보라는 겁니다. 그리고 라디오는 반도상가에 있는 동남상회에 전하고 유인물을 받아 대기하랍니다. 내일 정오 무렵에 중앙광장에서 살포해야 하니까."

점퍼 주머니 속에서 만져지는 라디오는 담배 한 개비 크기였다. 녹음 기능을 갖추고 있는 라디오라는 것쯤은 어렵지 않게 알 수 있었다. 나는 주머니에서 손을 꺼내 유가 내민 지도를 받았다. 이 장면 역시 왕의 경찰이 봐도 의심을 살 만한 것은 아무것도 없었다.

케이와 나는 횡단보도 앞에서 유와 작별 인사를 했다. 순식간에 유는 빠른 걸음으로 횡단보도를 건너서 우리가 밥을 먹었던 동네와 별반 다를 것 없는 동네의 골목으로 들어가 버렸다. 유가 골목으로 사라지자 언제 그곳으로 사람이 들어왔냐는 듯 어둠은 골목 입구를 흔적도 없이 지워 버렸다. 유가 사라지고 난 뒤 술 한잔보다 당장 따뜻한 커피가 마시고 싶어진 케이와 나는 천변 다리 옆에서 주위를 둘러보았다. 그러나 어디에도 카페는 보이지 않았고 시커먼 개떼처럼 여기저기 무리지어 다니는 왕의 경찰들이 자꾸 눈에 띄었다. 왕의 경찰들 때문에 어둠에 덮인 거리의 풍경은 더욱더 불길하게 보였다.

왕의 경찰들은 방송국 쪽에서도 내려왔다. 편의점을 찾아 케이와 내가 올라가려는 방향이었다. 열 명이 조를 이룬 왕의 경찰들은 케이와 나를 보자 걸음을 늦추었다. 그리고 배낭과 등산화를 보고 술 냄새를 맡더니 이내 우리 곁을 지나쳐 갔다. 그 가운데서 우두머리로 보이는 자가 내 곁을 스치면서 중얼거렸다.
"어째서 밤이 되면 내게는 모든 사람들이 더 의심스럽게 보이는지 모르겠어."

저녁 아홉 시의 티브이에서는 왕이 이미 발표한 비상계엄령보다 더 수위가 높은 계엄령을 발표할 것이라는 뉴스가 보도되었다. 머리가 벗겨지고 은테 안경을 쓴 왕은 티브이에 나오지 않았다. 대신 젊고 잘 생긴 궁의 대변인이 나와서 왕의 원고를 읽었다.
"과인은 집정하면서부터 지금까지 이 나라의 치안과 민생안정과 질서를 위해 모든 힘을 쏟아부었습니다. 그 결과 이 나라에서는 강도와 도둑이 눈에 띄게 줄어들었으며 서민들의 경제도 안정을 찾아가고 있습니다."
왕의 이 말은 어느 정도는 맞는 말이었다. 케이와 나는 편의점에서 커피를 마신 뒤 사 들고 온 맥주 캔을 따면서 왕의 원고를 대신 읽는 대변인을 바라보았다. 그건 인정해. 궁의 대변인이 한 단락을 마치면서 잠시 고개를 들 때 케이는 나지막하게 중얼거렸다. 그건 나 역시도 인정하는 부분이었다. 이십 년 넘게 왕좌를 누리면서 부정부패를 일삼는 왕을 축출한 왕이 집권하면서부터는 테러와 살인 강도 등의 흉악한 뉴스가 잘 보도되지 않았다. 번화가에서 가난한 서민들이 리어카를 길게 늘어놓고 장사를 하는 진풍경도 왕의 배려 덕분에 볼 수 있는 것이었다.

궁의 대변인은 계속 원고를 읽어 나갔다. 왕의 원고는 '그럼에도 불구하고'라는 말로 하고자 하는 말의 본론을 시작했다. 그렇게 나라의 안정을 위해 온갖 노력을 기울였음에도 불구하고 엠시에는 불온한 자들이 많다. 그들은 교수와 학생을 가장하여 나라의 정책에 반대하는 유인물을 유포하고 선량한 시민들을 선동하고 있다. 여기에는 몇몇 대학과 종교 단체들도 가담하고 있는 것으로 안다. 시민들을 선동하는 이들의 발언은 매우 위험천만한 것으로 자칫 오랫동안 휴전 중인 적국의 기습을 유발할 수도 있으며 적국과 내통하고 있을 것으로 의심되는 점이 많다. 그러므로 국민 여러분과 엠시의 시민들은 이 비상시국에 대처하고자 하는 과인의 뜻에 적극 협조해 주기 바란다. 궁의 대변인은 원고를 다 읽은 뒤 정면을 바라보는 눈에 잔뜩 힘을 주었다. 대변인의 눈빛은 왕 대신 티브이를 보는 모든 국민들에게 다짐을 요구하는 강렬한 눈빛이었다. 케이는 캔에 남은 맥주를 단숨에 들이켜고 소리 나게 빈 깡통을 내려놓았다.

"저놈은 짖어 댈 줄만 아는 개야. 정작 상대를 만나면 물지 못하면서 주인 앞에서만 짖어 대는 개."

나도 케이를 따라서 캔에 남아 있는 맥주를 한꺼번에 꿀꺽꿀꺽 들이마셨다.

"왕을 대신해서 싸우는 건 사냥개들이야. 저런 계엄령을 발표 하는 건 사냥개들을 대대적으로 내려 보내겠다는 뜻일지도 몰라. 이제 우리들은 더 바쁘게 생겼어."

케이는 맥주 캔을 새로 땄다.

"저 독재자는 이 도시를 말살하는 게 집권의 목적이었던 모양이지? 어떻게 먼저 왕보다 더 지독한 것 같아."

"이 도시의 저항이 다른 지역으로 퍼져 갈까 봐 겁이 나는 거겠지."

화면에서 궁의 대변인이 사라진 뒤에는 저명한 교수와 언론인들이 나와서 왕의 정책을 논평하기 시작했다. 나는 하나마나한 이야기가 흘러나오는 화면에 시선을 둔 채 케이처럼 다시 맥주 캔을 땄다. 하지만 내가 보고 있는 것은 화면의 논평자들이 아니었다. 나는 기억을 더듬어 지난가을 어느 날 저녁의 티브이를 보고 있었다.

화면에 '긴급뉴스'라는 자막이 뜬 건 무슨 음악 프로그램이 한창 진행 중일 때였다.

─ 이온 왕 저녁 일곱 시 이십팔 분경 낙원동 별궁에서 총격에 의해 서거.

우리 가족은 고구마와 늦물 옥수수를 먹으며 유명한 가수가 노래 부르는 것을 보다 그대로 얼어붙었다. 화면에서는 '긴급뉴스'라는 자막이 뜨자마자 놀란 눈빛의 기자가 다급한 말투로 긴급뉴스를 보도하기 시작했다. 토요일 저녁 이온 왕은 가까운 측근을 별궁으로 초대해서 조촐한 파티를 벌였다고 했다. 국가 기밀을 담당하는 부장과 안보를 담당하는 차장이 궁의 최측근 비서들과 함께했고 미모의 여자들이 이 파티를 도왔다. 술자리가 무르익었을 무렵 이온 왕은 안보를 담당하는 차장이 쏜 총에 맞았다. 왕은 병원으로 옮길 시간도 의사를 부를 시간도 없었다고 기자는 현장에 있었던 증인의 말을 인용했다.

왕위는 세습되지 않았다. 이온 왕이 땅에 묻히자마자 새로운 왕이 갑자기 나타났다. 그리고 이온 왕이 죽으면 왕좌를 잇기로 약속이나 되어 있었던 것처럼 모든 국무위원들을 거느리고 이온 왕의 장례식이 끝나자마자 궁에 들어갔다. 이온 왕이 죽었을 때 나라에는 적국을 경계하는 계엄령이 내려졌는데 새로운 왕은 등극하자마자 이 계엄령을 더욱 강화하는 계엄령을 내렸다. 모든 언론은 경찰의 검열을 받아야 했고 왕을 비난하는 자들은 쥐도 새도 모르게 잡혀 들어갔다. 나라 안은 이온 왕이 집권할 때와는 비교도 할 수 없을 정도로 살벌해져 갔다. 세 사람 이상이 모이면 감시의 대상이 되었고 어떤 집회나 만남도 자유롭지 못했다. 이렇게 꽉 조여진 숨통을 열기 위해 가장 먼저 몸부림치기 시작한 곳이 이곳 엠시였다. 나도 의식 있는 몇몇 인사들이 왕에게 저항하기 위한 조직을 만든다는 소문을 들었다. 조직은 풀뿌리처럼 질기고 은밀하게 도시 곳곳으로 뻗어 나갔다.

그 뿌리는 취직 준비를 하던 나에게도 와 닿았다. 대학 때 지도교수에게 상담하러 갔다가 만난 조교가 그 뿌리 중 하나였다. 나는 조교의 주선으로 옛 스승의 연구실에서 만난 케이와 조직의 파트너가 되었고 자연스럽게 학교 앞 식당에서 소주를 곁들인 식사를 하게 되었다. 그것이 우리가 이 도시의 달동네까지 오게 된 시작점이었다.

왕이 다시 새로운 계엄령을 발표하자마자 나는 와이의 말대로 모텔에서 가까운 편의점으로 갔다. 갑작스러운 상황이 생기면 반드시 가까운 편의점으로 가라. 이는 와이가 내린 지시 가운데 가장 중요한 것이었다. 내가 편의점으로 갔을 때 유는 하나뿐인 간이탁자 앞에서 캔 커피를 마시고 있었다. 나는 담배와 캔 커피를 산 뒤 유의 옆에 있는 의자에 앉았다. 케이가 커피를 마시고 싶지 않다고 했기 때문이었다. 그러자 유는 담배를 피워 물고 일어서면서 탁자 위에 놓인 제 담배 대신 내 담뱃갑을 주머니에 넣고 가 버렸다. 나는 담뱃갑이 바뀐 것을 모르는 척했다.

케이는 내가 건네준 담뱃갑을 뚫어지게 들여다보았다. 단단하게 말린 쪽지는 필터까지 달려 있어서 아무리 봐도 진짜 담배와 전혀 구별되지 않았다. 때문에 케이와 나는 담배를 모두 꺼내고 나서야 쪽지를 찾아낼 수 있었.

'라디오는 이미 내려진 지시대로 정오쯤 반도상가 동남상회로 갖다 줄 것. 오늘 오후 두 시에 시청 앞 중앙광장에서 시위를 시작할 예정임. 두 사람은 동남상회에서 주는 유인물을 중앙대로 일 번지에서부터 오 번지까지 뿌려 주기 바람.'

쪽지는 곧바로 재떨이 위에서 재로 변했다. 케이는 재로 변하는 쪽지를 바라보면서 담배 연기를 유난히 길게 내뿜었다.

"갑자기 일이 긴박하게 돌아가는군. 이 도시가 피로 물들게 될 시간이 얼마 남지 않은 것 같아."

긴장이 되고 초조하기는 나 역시도 마찬가지였다.

"어쩔 수 없지. 단번에 이길 수 없으므로 오래 싸워서 이기자는 싸움이니까."

재로 변한 쪽지 위에 꽁초를 비벼 끄던 케이가 고개를 끄떡였다.

"그래, 이 싸움은 죽은 자가 산 자를 이끄는 싸움이 될 테지. 다수가 바라는 쟁취는 그렇게 얻어지는 법이니까."

나는 남아 있는 캔 맥주 두 개 가운데 한 개를 땄다. 남은 한 개는 케이가 마셨다. 그리고 우리는 불을 끄고 누웠다. 맥주를 꽤 마셨지만 좀처럼 잠은 오지 않았다.

먼 함성 소리에 나는 잠에서 깼다. 전혀 생각하지도 못한 시간에 와―! 하는 함성 소리가 도시의 중심가 쪽에서 들려오고 있었다. 잠에서 완전히 빠져나오지 못했는데도 이 소리를 듣자마자 머릿속을 빠르게 가로질러 가는 한 단어가 눈에 보이는 듯했다. 드디어!

나는 눈을 번쩍 떴다. 그리고 재빨리 세모난 창문 앞으로 가서 아직 어두운 거리를 내다보았다. 한 무리의 검은 그림자들이 민영방송국으로 달려가고 또 한 무리의 검은 그림자들이 천변 쪽으로 달려가는 게 보였다. 팔에 오소소 소름이 돋았다. 말 그대로 드디어! 올 것이 왔다는 것을 알 수 있었다.

나보다 늦게 잠이 들었는지 그때까지도 케이는 곤하게 자고 있었다. 나는 케이를 흔들어 깨웠다.

"제이. 이게 무슨 소리야? 설마……?"

케이는 세모난 창문을 바라보다 나를 돌아보았다. 케이와 내 눈이 어스름 속에서 날카롭게 부딪쳤다. 나는 케이에게 고개를 끄떡였다. 케이는 떨리는 손으로 내 손을 잡았다. 와이의 지시대로라면 우리는 오후 두 시에 동남상회로부터 전달받은 유인물을 살포해야 했다. 시민들은 유인물 살포와 동시에 시청 앞 중앙광장에 모여 시위를 시작할 예정이었다. 그런데 아직 어두컴컴한 시간에 함성 소리가 높고 검은 그림자들이 이리저리 몰려다니고 있었다. 케이와 나는 불을 켜지 않았다. 민영방송국으로 달려간 검은 그림자들이 먼저 방송국을 점거한 시민단체를 치러 가는 왕의 경찰인지 아니면 방송국을 점거하러 가는 시민단체인지 알 수 없었다. 언제나 새로운 왕의 경찰들은 빛도 소리도 없이 시민들의 단체에 접근해 왔다. 케이에게 손이 잡힌 나는 입이 바짝 마르는 것을 느꼈다. 방송국은 왕도 시민단체도 접수대상 우선순위로 꼽는 곳이다. 상황을 유리하게 이끌자면 언론을 장악하는 게 먼저이기 때문이다. 하지만 시민단체에는 왕에게 있는 경찰력이 없다. 나는 케이에게 잡힌 손에 힘을 주었다. 흥분과 두려움에 입술이 파르르 떨렸다.

"이건도 계획이었을까? 이건, 왕의 경찰은 둘째치고 우리 같은 말단 조직원들까지 허를 찌르는 거잖아."

"계획이 갑자기 바뀌었을 수도 있어. 내 생각에는 왕이 계엄령을 발표하자마자 경찰을 내려보낸다는 정보를 입수하고 경찰병력이 도착하기 전에 기습 시위를 시작한 것 같은데. 그러니 당연히 비상 연락 같은 건 할 시간이 없었겠지."

나는 또 고개를 끄떡였다.

"중요한 건 일이 터졌다는 거야. 어떤 지시도 내려주지 않고 말이지."

"그래도 일단 동남상회로 가 봐야 하지 않겠어?"

"하지만 지금은 안 돼. 이 새벽에 문을 여는 가게도 우리도 금방 표적이 될 거야."

케이와 나는 잡은 손을 풀고 다시 이불 속으로 기어들어 갔다. 이불 속에 고양이처럼 납작 엎드린 우리는 함성소리에 귀를 기울이고만 있었다. 함성 소리와 함께 대열을 이뤄 달리는 발소리도 묵직하게 들려왔다. 또 한 무리의 발소리가 모텔 앞으로 지나는 소리를 들으며 케이와 나는 담배를 입에 물었다. 그리고 담배 연기로 방 안을 채우며 아침을 기다렸다.

대학을 다닐 때 나는 늘 뭔가 되고 싶다고 생각했다. 최소한 이 도시에서라도 그럴 듯한 사람이 되고 싶었다. 하지만 나는 열정도 부족하고 상당히 나약한 데다 조금은 비겁한 구석도 있었기 때문에 어떤 것에 있어서도 앞장을 서지는 못했다. 뭔가 되고 싶다는 건 언제나 생각뿐이었다.

그렇게 대학을 다닌 나는 졸업을 한 뒤에도 한동안 뭔가 되고 싶어 하는 사람으로 살아야 했다. 시골에서 농사를 짓는 부모님은 내가 대기업이나 시청에 취직하길 바랐지만 번번이 나에게 돌아오는 건 쓴 고배뿐이었다. 새로운 왕은 청년실업을 빠른 시일 내 해결하겠노라고 했지만 그건 말처럼 쉬운 일이 아니었다. 민생안정을 우선으로 하는 정책 때문에 치안은 확실해졌으나 청년실업에 한해서 왕은 언제나 고민만 하고 있었다. 급기야 새로운 왕에게는 탈모 증세까지 생겼지만 취업의 문은 변함없이 좁았다.

어느 사이 나는 뭔가 되고 싶다고 생각했다는 것조차 잊어버렸다. 취직을 하지 못하면 뭔가 되기 이전에 아무것도 아닌 존재가 되고 말겠다는 초조함이 수시로 목을 죄어왔다. 때문에 나는 아무것도 아닌 사람이 되지 않기 위해 끊임없이 뭔가 취업에 도움이 될 만한 것을 찾아다녀야 했다. 졸업한 지 사 년도 넘은 대학으로 혹은 학원으로 나는 고등학교 때보다 더 치열하게 움직였다. 극히 일부를 제외한 이 도시 젊은이들 삶은 나와 비슷했다.

케이와 나는 생각과 삶의 배경이 비슷했기 때문에 만날 수 있었다. 이런 경우를 우연이라고 해야 할지 필연이라고 해야 할지 모르겠지만 처음 만났을 때부터 우리는 잘 통했다. 물론 와이가 없었다면 우리가 만날 일도 없었겠지만 아무것도 아닌 존재가 되려 했기 때문에 와이로 인해 우리가 만날 수 있었다고 나는 생각했다.

실제로 케이와 나는 아무것도 아닌 존재가 되어가는 듯했다. 우리는 그렇게 생각했다. 지난 몇 달 동안 우리는 와이의 지시를 성실하게 따랐고 주어진 임무를 실수 없이 완수했다. 이 역시 우리의 생각일 뿐일지도 모르지만 케이와 나는 모든 일에 최선을 다했다. 이렇게 기습적인 시위가 일어나기 전까지, 그러니까 세모난 창밖의 함성을 듣기 전까지는 이렇게 믿어 의심치 않았다. 비록 새로운 왕의 경찰들 눈을 피해 조심스럽게 움직여야 했지만 우리는 이 나라와 이 도시에 뭔가 일조하고 있다는 자부심에 가득 찼다.

이윽고 담배를 다 피운 우리는 제법 환해진 창문을 바라보았다. 그리고 서로의 손을 다시 찾아 꼭 쥐었다.

반도상가에 와이가 말한 동남상회는 없었다. 구호를 외치는 소리와 화염병과 최루탄이 난무하는 거리와 다르게 조용한 가운데 와이도 실수할 수 있다는 가정까지 생각하고 일 층부터 삼 층까지 샅샅이 뒤졌지만 우리의 눈에 띈 것은 동광상회와 동진상회뿐이었다. 게다가 두 곳은 라디오나 녹음기 같은 오디오 제품을 파는 곳이 아니라 회사가 다른 가스레인지나 전기 레인지를 파는 곳이었다.

나는 동광상회와 동진상회 사이에 멈춰 서서 한숨을 쉬었다.

"뭔가 잘못된 게 틀림없어. 와이가 지시를 잘못 들었거나 와이에게 지시를 내린 사람이 잘못 알았거나."

케이도 내 옆에 멈춰 섰다. 그리고 코를 풀 듯 심호흡을 코로 내뿜었다.

"아니면 와이가 지시를 잘못 내렸을 수도 있어. 지시를 내릴 때 무심코 어떤 곳을 보고 있다가 보고 있던 곳을 말해 버렸을지도 몰라."

그때 사십 대로 보이는 동광상회 주인 남자가 플라스틱 통을 들고 나오다 우리를 쳐다보았다. 와이의 지시보다 훨씬 이른 시간이었기 때문에 넓은 통로에 사람은 우리 두 사람뿐이었다. 우리가 생각해도 아침 아홉 시는 두 명의 이십 대 남자가 가스레인지를 사러

모든 고양이의 이름은 다 나비다

나오는 시간으로 보이기에는 이른 시간이었다.

나는 케이를 슬쩍 쳐다본 뒤 동광상회 주인 남자를 향했다.

"혹시, 동남상회가 어디에 있는지 알 수 있을까요? 아무리 둘러봐도 보이지 않아서요."

동광상회 주인남자는 두꺼운 점퍼에 청바지 차림의 우리 모습을 다시 스캔했다. 누가 봐도 케이와 내 모습은 아직 취직을 하지 못한 이십 대 청년의 모습 그 이상도 이하도 아니었다. 실제로 등에 메고 있는 위장용 가방에는 공무원 예상문제집과 함께 몇 권의 책이 들어 있었다. 나는 우리의 모습이 혼란과 불안이 난무하는 이 도시로부터 떠나가려는 취업준비생으로 비치기를 간절하게 바랐다. 다행히 동광상회 주인 남자의 얼굴에는 별다른 의심의 빛이 보이지 않았다.

"혹시, 남동상회를 동남상회로 잘못 알고 오지 않았을까? 저기 '다'열 통로로 가면 오디오 전문가게라는 빨간색 간판이 보일 거요."

그리고 케이와 나에게서 시선을 돌린 남자는 플라스틱 통을 흔들며 주위를 두리번거렸다.

"나비야! 나비야!"

우리에게 무덤덤한 말투로 대답할 때와 달리 높고 경쾌한 톤의 목소리가 울리자 어디선가 고양이 한 마리가 달려와 남자의 발등에 얼굴을 문질렀다. 흔하게 볼 수 있는 줄무늬 고양이었다. 동광상회 주인남자는 애교를 부리는 고양이의 등을 어루만지며 플라스틱 통을 고양이 앞에 놓아두었다. 차갑게 식은 고등어 한 마리가 들어 있는 통이었다.
 나는 고등어의 등에 이빨을 박는 고양이를 내다보며 케이의 팔을 잡아끌었다. 케이가 또 '나비야' 하고 부를까 봐 신경이 쓰였기 때문이다. '나비야'라고 부를 수도 있고 그것이 문제가 되는 것도 아닌데 생각만으로도 왜 온몸의 신경이 끈적끈적해지는지 알 수 없었다.
 남동상회는 동광상회의 주인 남자 말대로 '다'열 통로의 가운데쯤 있었다. 오디오 전문이라는 빨간색 간판도 동광상회 주인남자의 말 대로였다. 하지만 남동상회에 오디오는 없었다. 컴포넌트도 스피커도 하다못해 작은 라디오 하나도 보이지 않는 가게에는 빈 상자와 일 미터 높이로 쌓인 종이 뭉치가 두 개 있을 뿐이었다. 그리고 우물처럼 어둠이 깊은 가게 안에 사십 대 중반의 남자가 있었다. 뜻밖의 장면에 케이와 나는 잠시 멍한 얼굴로 가게와 서로의 얼굴을 번갈아 바라보았다.
 "여긴, 새벽에 왕의 경찰들이 모두 수거해 가고 아무것도 없소. 나도 경찰들이 수거해간 물품 목록 정리가 끝났으니 문을 닫고 갈 거요."
 나는 생각보다 치밀하고 빠른 왕의 경찰들이 소름끼쳤다. 정말 우리는 뭔가 되기 이전에 아무것도 아닌 존재가 될 수 있겠다는 생각이 목 뒷덜미에서 등을 타고 빠르게 발뒤꿈치까지 내려왔다. 점퍼 주머니에서 나오는 내 손이 미세하게 떨렸다.
 "이걸 고쳐 갈까 하고 왔는데 안 되겠습니까?"
 볼펜을 주머니에 넣으며 나온 남동상회 주인 남자는 유가 건네

준 라디오를 만져 본 뒤 돌려주었다.

"이제, 이런 건 의미 없을 거요. 경찰들이 가고 난 뒤에 도착한 저 종이들처럼 말이요."

남동상회 주인 남자는 빈 상자와 종이 뭉치를 내놓은 뒤 몇 장의 A4 용지를 챙기고 문을 닫았다. 셔터가 내려진 남동상회 앞에 남겨진 케이와 나는 서로의 얼굴만 멍한 눈으로 바라보았다. 하지만 그 무엇보다 더 우리를 기막히게 만든 것은 두 개의 종이 뭉치였다. '시민들이여! 궐기하자. 왕의 독재를 타도하자.' 종이 뭉치는 이런 취지의 유인물이었다. 서로를 마주보던 케이와 나는 일단 종이 뭉치를 챙겨 가기로 했다.

반도상가를 나선 우리가 첫 번째로 목격한 것은 왕의 경찰이 휘두르는 곤봉을 맞고 쓰러지는 한 소년이었다. 다음에는 칼에 찔려 태아와 내장을 동시에 쏟아내는 임산부였다. 그리고 우리는 젖가슴이 잘린 젊은 여자와 한쪽 얼굴이 일그러진 삼십 대 남자를 차례로 목격했다. 무차별 가격이었다. 나는 고등학생으로 보이는 소년이 머리를 맞고 쓰러질 때 하마터면 종이 뭉치를 떨어뜨릴 뻔했다. 종이 뭉치는 어디서 누가 보든 의심을 사고도 남을 만한 것이었다. 우리는 삼십 대 남자의 눈알이 빠지고 광대뼈가 부서지는 순간 재빨리 건물들 틈 사이에 난 샛길로 숨어들었다. 그리고 종이 뭉치를 서로의 가방에 나눠 담았다.

우리는 함성 소리가 거센 중심도로를 피해 샛길과 골목으로 빠르게 걸었다. 경찰의 군화 소리가 들리면 어두운 틈을 찾아 숨었고 군화 소리가 멀어지면 게처럼 빠른 걸음으로 움직였다. 다행히 이 도시에는 미로 같은 샛길이 많았고 한때 술을 조금 마시고 돌아다닌 덕분에 우리는 그 샛길을 모두 꿰고 있었다.

샛길은 끝이 없었다. 케이와 나는 땀을 흘리며 쉬지 않고 걸었지만 몇십 분이 지나도록 중심가를 벗어나지 못했다. 우리의 기억이 잘못되었을 리도 없고 달리진 길은 없는데도 그랬다. 경찰들의 발소리는 여전히 가까워졌다 멀어졌다 했으며 어디선가 사람들이 퍽퍽 쓰러지는 소리가 일정한 간격 없이 들려왔다. 가까스로 후미진 골목의, 예전에 식당가와 쇼핑몰 회사였던 십 층짜리 텅 빈 건물 앞에 다다른 케이는 거친 숨과 함께 끈적끈적한 침을 퉤– 뱉었다.

"이런 씨팔! 이게 뭐야? 대체 이게 뭐냐고?"

하지만 나는 그 어떤 대꾸도 하지 못했다. 어떻게 알았는지 십 층짜리 건물 옆 사 층짜리 건물 앞 골목으로 달려오는 군화 소리가 들렸기 때문이다. 우리는 사 층짜리 건물 앞 골목을 가로질러 일이 층 낮은 건물이 있는 샛길로 갈 예정이었는데 경찰이 길을 막아버린 것이었다.

"이런 젠장!"

나는 케이의 어깨를 친 뒤 엉성한 셔터를 비집고 텅 빈 건물로 들어갔다.

"에이, 이런 씨팔!"

케이도 나를 따라 텅 빈 건물로 뛰어 들어왔다. 군화 소리도 우

모든 고양이의 이름은 다 나비다

리를 따라왔다. 왕의 경찰이 또 다른 경찰과 교신하는 무전기 소리가 들려왔다. 폭도 두 명 포착. 추격 중임. 십 층은 넓은 강당이었다. 또다시 케이와 나는 옥상으로 뛰었다. 옥상이 우리가 갈 수 있는 끝이었다. 더 이상 달아날 곳이 없었다. 우리는 잠깐 옥상의 난간 앞에 서서 도시의 거리를 내려다보았다. 도시는 아수라장이었다. 우리가 낸 세금으로 길러진 왕의 경찰들이 이 도시의 시민들을 폭도라고 부르며 무차별적으로 난도질하고 있었다. 그리고 우리는 그제야 비로소 도시 곳곳에 설치된 카메라를 발견했다. 옥상의 문으로 들어서는 경찰도 보았다. 케이와 나는 서로를 보며 고개를 젓고 또 끄떡였다.

 나는 유가 준 라디오를 켰다. 라디오에서는 정규 프로그램을 무시하고 왕의 경찰들이 이 도시의 폭도들을 진압하고 있다는 멘트를 흘려보내고 있었다. 이 도시의 상황을 모르는 곳에서는 진실로 믿을 멘트를 들으며 케이와 나는 가방에 담아 온 유인물을 날리기 시작했다. 하지만 나는 유인물을 다 날리지 못했다. 어린 중학생 역시 폭도라고 불리며 곤봉을 맞는 순간 내 뒤통수에도 단단한 물체가 날아들었기 때문이었다. 단숨에 내 의식은 높이를 가늠하기 어려운 폭포수처럼 아득하게 떨어져 내렸다.

 '젠장, 결국 나는 아무것도 되지 못했잖아.'

 물길의 높이에 비례하는 수심 바닥까지 의식이 가라앉을 때 나는 이 생각을 했다. 케이를 궁금해할 겨를은 없었다.

백합

저만치 반쯤 허물어진 노인의 집 담 아래에서 호박과 가지 잎이 바람에 나부끼고 있었다. 내가 볼 때 심은 지 며칠 되지 않는 호박과 가지는 오래된 낡은 집에 누군가 살고 있음을 말해 주는 설명서였다.

나는 농로로 들어서기 전에 핸드폰으로 시간을 확인했다. 12:00라는 숫자가 화면에서 반사되는 햇빛 때문에 간신히 읽혀졌다. 노인이 빨래를 하거나 목욕할 물을 받고 있을 시간이었다. 앉은걸음으로 엉덩이를 끌고 다니는 노인은 언제나 정오 무렵이면 빨래를 하고 목욕물을 햇볕에 데우기 위해 물을 받았다. 물은 지하수였다. 집이 들판 가운데 있는 외딴집이기 때문인지 아니면 세상을 얼마 살지 못할 노인이 살고 있어서인지 상수도를 놓지 않았다. 내가 볼 때 상수도를 놓지 않은 이유는 그것밖에 없었다.

노인은 치매였다. 정확하게 말하면 노인의 상태는 반반이었다.

정상과 비정상이, 가상과 현실이, 과거와 현재가, 거짓과 진실이, 의심과 확신이 뒤죽박죽인 노인을 구분하기까지 나는 거의 일주일이 다 걸렸다. 노인의 작고 가는 눈을 읽을 수 있게 되기 전까지는 꽤 혼란스러웠다. 어디까지가 현실이고 어디까지가 상상의 세계인지 구분하기 어려울 정도로 노인의 말은 앞뒤가 꽤 정교했기 때문이었다.

한쪽 지붕이 주저앉고 있는 헛간을 지나자 돌담 너머로 빨래를 하고 있는 노인이 보였다. 노인이 빨고 있는 것은 연보라색 니트와 자주색 꽃무늬 몸뻬였다. 노인이 빨래를 주물럭거릴 때마다 뿌연 흙물이 하수구로 흘러내렸다. 이미 빨아 놓은 건조대의 빨래에서는 물이 뚝뚝 떨어지고 있었다. 이런 노인을 볼 때마다 미안한 생각이 들었다. 나는 핸드폰을 열고 노인을 부르며 달려갔다. 마당의 텃밭이 잠깐 곁눈으로 비쳤다가 등 뒤로 사라졌다. 아무것도 심어지지 않은 텃밭에는 담장 밖의 기다란 밭처럼 호미질이 정갈했다.

"어머니! 저, 왔어요."

그제야 노인이 나를 쳐다보았다. 그리고 이라고는 하나도 남아 있지 않은 텅 빈 입을 크게 벌리고 환하게 웃었다.

"왔어? 어서 와."

하지만 나는 그런 노인을 지나쳐 갔다. 태그를 찍어야 하는 시간이 다 되었기 때문이었다. 공단과 약속한 시간에서 조금이라도 늦어지면 그만큼 내 퇴근시간은 늦어졌다. 정해진 시간에서 일 분이라도 부족하면 내 급여는 일한 시간에서 삼십 분이 삭감된다. 이것은 건강보험관리공단에서 정한 규칙이었다. 등 뒤에서 노인의 웃음소리가 들렸다.

"늦었어? 암만! 그것부터 빨리 찍어야제."

다행히 나는 제 시간에 태그를 전송할 수 있었다. 그제야 편안하게 호흡을 고르는 나를 보고 노인이 또 텅 빈 입을 크게 벌리고 소리 없이 웃었다. 노인의 입은 오래된 동굴 같았다. 이 동굴에 사는 시커먼 거미가 거짓말이라는 실을 뽑는 것일지도 몰랐다. 쪼글쪼글한 입으로 천진하게 웃는 노인을 한 달 넘게 봐 왔지만 이런 생각을 하게 된 건 처음이었다. 그럴 수밖에 없는 것이 얼굴 표정과 달리 노인의 눈은 어딘지 정직해 보이지 않았다. 하지만 나는 노인의 눈을 들여다보며 다정하게 웃어 주었다.

"예, 찍었어요, 어머니. 오늘은 늦지 않았어요."

"어, 그려. 잘했어."

내가 작은 마루에 가방을 내려놓자 노인은 다시 빨래를 시작했다. 나는 까맣게 마른 손으로 몸빼를 빠는 노인을 보며 잠시 마루에 앉았다. 노인은 한 번도 자신의 빨래를 내게 맡기는 법이 없었다. 재가요양보호사로서 내가 해야 할 일은 노인들의 일상을 돕는 것이었지만 어쩐 일인지 노인은 내게 세탁만은 맡기지 않았다. 그렇지 않아도 할 일이 많지 않은 노인의 집이었다. 나는 노인이 빨래를 하는 동안 작은 두 개의 방과 마루를 청소했고 함지박에 담겨 있는 몇 개의 그릇을 씻었다. 그래도 남는 시간은 마루에 앉아 쌕쌕거리는 노인의 숨소리와 작은 통에 받은 물을 바가지로 푸는 소리와 백 번도 넘게 들었던 노인의 이야기를 들었다. 노인은 혼자서 농사를 짓는 집 앞의 논 주인이 너무 억척이라고 고개를 흔들었다. 간밤에 큰딸이 또 쌀을 퍼갖고 갔다고도 했다. 나는 노인의 기분이 상하지 않게 적당하게 대꾸해주었다. 성의 없는 내 대꾸가 노인이 만드는 소리 사이에 적절하게 배어들었다. 햇빛이 눈부시고 부드러운 바람이 부는 한낮이었다.

내가 노인을 만난 건 초여름 같은 봄날이었다. 아마도 때죽나무 꽃이 하나둘 피기 시작하던 무렵이었을 것인데 그와 같은 하늘 아래서 숨을 쉬는 도시생활을 접고 재가요양을 해 보려고 찾은 센터에서 맨 처음 배정해 준 사람이 이 노인이었다.

노인에게 인사를 온 날, 노인은 내게 수십 번도 넘게 이렇게 말했다.

"나, 좋은 사람이여. 앞으로 두고 보면 알 것이여."

이 말처럼 노인은 그다지 까다롭지 않았다. 노인이 내게 주문하는 일이란 점심을 준비하는 것과 몇 개 안 되는 그릇을 씻는 것과 작은 방 두 개와 마루를 청소하고 며칠 만에 한 번씩 모아 놓은 쓰레기를 태우는 것이었다. 그리고 나머지 시간은 노인의 이야기를 들어 주길 바랐다. 공단에서 노인에게 배정해 준 시간은 세 시간인데 나는 거의 두 시간 동안 노인의 이야기를 듣고 노인이 원하는 대답을 해야 했다.

노인의 이야기는 날마다 거의 똑같았다. 빨래와 설거지와 청소가 끝나면 노인과 나는 좁고도 작은 마루에 나란히 누웠다. 노인은 내가 오기 전까지 엉덩이를 바닥에 끌고 다니면서 이런저런 일을 하느라 노곤했고 나는 노인에게 오기 전의 세 시간 동안 한쪽이 마비된 또 다른 노인을 돌보고 오느라 피곤했다. 그런 노인과 나는 누가 먼저랄 것도 없이 어느 순간부터 자연스럽게 마루에 누워 이야기를 나누게 되었는데 노인은 마루에 눕게 되면 항상 이런 말을 먼저 꺼냈다.

"인생이 뭐여. 사는 게 뭐여."

아직 젊은 나는 노인의 이 말이 부담스러웠다. 인생이나 사는 게 무엇인지 따위를 생각해 볼 겨를이 없이 살고 있는 사람에게 노인의 말은 한가한 소리에 지나지 않았다. 노인이 이 말을 할 때마다 나는 건성으로 대답했다.

"그러게요."

심드렁한 대답에도 노인은 눈빛을 아련하게 만들었다. 휴—우 하는 한숨소리가 휘파람 소리처럼 들렸다. 이것 역시도 정해진 순서였다. 노인은 한숨을 쉬고 나면 항상 이렇게 말을 이었다.

"딸이 아니라 웬수여. 저년이 또 쌀을 한 말이나 퍼 갔어. 내가 잠든 한밤중에 가만가만 퍼 가는 모양이여. 내가 자식을 키운 게 아니라 도둑년을 키웠다니까."

노인의 딸은 노인의 집에서 마주 보이는 마을에 살고 있는데 노인이 치매에 걸린 뒤부터 아예 남처럼 되어 버렸다고 했다. 노인의 집 앞에 있는 논 주인은 얼마 전 내게 이 사실을 비밀처럼 알려 주었다. 논 주인은 노인이 유독 딸한테만 모질게 대한다고 했는데 노인이 곁으로 다가와서 자세한 이야기는 더 해 주지 못했다. 그런데 노인은 딸이 매정하다고 입가에 힘을 주었다.

"독한 년! 곁에 사는 어미 한 번 살펴볼 줄도 모르고 어미 것을 가만가만 훔쳐 가는 게 사람이여? 고춧가루도 안 보이고 깨도 없어졌어. 마늘도 절반이나 줄든 것 같다니까."

날마다 물건의 위치가 바뀌는 건 그 때문이라는 것을 나는 노인의 집에 다닌 지 얼마 되지 않아서 알아차렸다. 부엌을 겸한 마루에 놓인 작은 탁자에는 몇 가지 안 되는 양념들이 있는데 그것들이 제자리를 지키고 있었던 적은 한 번도 없었다. 물건들은 의외의 장소에서 자주 발견되었다. 노인은 고춧가루 봉지를 방 안의 이불 밑에서 꺼내기도 했고 빨래더미 속에서 볶은 깨를 가져오기도 했다. 혼자만의 상상 속에서 노인은 끊임없이 딸을 의심했고 나에게 동조를 구했다. 노인이 가진 것보다 훨씬 더 많은 것을 지니고 사는 노인의 큰딸이 깊은 밤에 노인의 집을 다녀갔다는 말을 나는 믿지 않았지만 노인에게 그럴 리 없다는 말은 할 수 없었다. 언제나 내 대답은 이것이 다였다.

"어머니! 남이 가져간 게 아니라 자식이 가져갔잖아요? 그래도 자식이잖아요?"

내 말을 반박할 수 없게 되면 노인은 쥐처럼 교활한 눈으로 나를 뚫어지게 바라본 뒤 집 앞의 들판과 하늘로 고개를 돌렸다.

저년이 내 옆에서 저 지랄하려고 그놈의 전쟁통 속에서도 살아

났는가 보네. 하마터면 죽을 뻔했던 걸 영감이 구해 줬지 뭔가. 배고프면 옥수수 고구마 서리해서 구워 주고. 전쟁 끝나면 함께 살자 해서 나는 약속을 지켰는데 그 사람은 이 세상 끝까지 함께하자는 내 말을 들어주지 않았어. 이 세상 함께하고 저세상도 같이 가자고 했으면 약속을 지켜야지 그렇게 먼저 가는 법이 어디 있나. 그랬으면 이렇게 서러운 꼴도 안 겪을 텐데.

이 말이 끝나면 노인의 눈은 마당의 일부를 파서 만든 텃밭으로 가서 머물렀다. 그 순간 노인의 눈빛은 그렇게도 서러워 보였건만 지상의 모든 땅이 파랗게 물들어 가도록 고추 한 포기 심지 않고 날마다 노인이 호미질만 하는 밭에는 햇빛과 바람이 무심했다.

나는 맥락이 분명하지 않은 노인의 말을 다 이해하지 못했다. 그렇게 텃밭을 비워 놓고 호미질만 하는 노인은 더욱 이해가 되지 않았다. 그런데 노인은 빈 텃밭을 애틋하게 바라보곤 했다. 나는 노인의 눈을 잠자코 바라볼 수밖에 없었다.

바람은 자주 집 앞의 작은 들판을 건너왔다. 노인의 흰 머리칼이 바람에 나부꼈다. 그렇게 머리칼이 바람에 흩날리면 한동안 텃밭만 바라보던 노인은 무언가 생각난 듯 나를 돌아보곤 했다. 아직은 한창인 젊은 여자가 구질구질한 노인네 돕는 일을 하겠다고 외딴 오두막을 찾아다니는 게 예사롭지 않다는 생각을 또 하게 되는 것 같았다.

"참, 남편은 어디 있는가?"

갑작스럽게 이 질문을 받은 첫날 나는 잠깐 망설였다. 무엇보다 노인네에게 내 삶을 까발리는 게 내키지 않았다. 그가 다른 여자한테 가 버렸기 때문에 이혼했다고 말하면 노인은 더 많은 것을 물어 올 터였다. 그래서 나는 노인이 할 수 있는 질문을 몇 가지 헤아려 보았다. 남편은 어디 있는가? 무얼 하는 사람인가? 그 여자는 몇 살이고? 수없이 뒤따를 질문을 막는 방법은 한 가지뿐일 것 같았다. 나는 씁쓸한 미소를 지으며 집게손가락으로 하늘을 가리켰다.

"갔답니다. 먼저 가서 기다리겠다고요."

노인은 믿지 못하겠다는 표정을 지었다. 무슨 일 때문인지 노인은 평생 의심이 몸에 밴 것 같았다.

"뭐이? 아직 총각 같은 나이일 것인디?"

나는 미소를 지우며 고개를 끄떡였다.

"그러게요."

다시 노인이 물었다. 많은 질문을 피해 보겠다고 한 대답이었는데 노인의 물음은 계속 이어지고 있었다.

"어떻게 갔어? 간 지는 몇 년이나 됐고?"

그나마 간단하게 대답할 수 있는 물음이라서 다행이라는 생각이 들었다. 나는 텃밭으로 눈을 돌리며 나직한 목소리로 대답했다.

"아파서요. 몇 년 앓다가 갔어요. 간 지는 한 삼 년 됐나 봐요."

끌끌! 노인이 혀 차는 소리를 냈다.

"어! 지랄한다."

한숨처럼 이 말을 뱉은 노인도 마당의 텃밭으로 눈길을 돌렸다. 그리고 입을 굳게 다물었다. 몇 년 동안 함께 살았는지, 세상을 떠날 때 그의 나이는 몇이었는지 하는 것까지는 물어볼 필요도 없다는 얼굴이었다.

이것이 날마다 되풀이되는 노인과 나의 대화였다.

목욕까지 모두 끝낸 노인은 고무줄 치마를 가슴에 걸치고 앉은걸음으로 엉덩이를 끌면서 화장실 옆에 있는 방으로 올라갔다. 몸을 일으킬 수 없는 노인에게 마루는 다소 높았다. 그나마 두 팔로 마른 몸을 끌어올릴 수 있는 곳이 화장실 옆에 있는 방이었다. 노인이 서울에서 내려오기 전에 노인의 큰아들이 문턱을 낮춰 주었다고 했다.

노인은 지난가을 눈이 아파서 서울에 있는 큰아들의 집으로 갔다. 한 달 동안 병원에 다닌 끝에 눈병은 고쳐졌는데 아들은 다시 노인이 살던 집으로 데려다 줄 생각을 하지 않았다. 아들은 이제 그만 자신들과 함께 살자고 했다. 노인은 아들의 뜻을 외면할 수만은 없어서 하는 수 없이 겨울을 나기로 마음먹었다. 하지만 하루하루가 너무 길었다. 큰아들의 집은 고층 아파트의 십일 층이었고 길을 몰라서도 밖으로 나갈 수 없기도 했지만 노인이 방밖으로 나갈 일도 없었다. 화장실이 방 안에 있었고 끼니때가 되면 며느리가 밥상을 방 안으로 들여왔으며 노인의 손이 닿는 반경 안에 전화기와 티브이 리모컨이 있었다. 그렇지 않아도 가느다란 노인의 다리에서는 그나마 남아 있던 근육과 함께 힘이 모두 빠져나갔다. 노인은 외딴 집으로 가서 마당의 흙을 만지고 싶었다. 무엇보다 마당의 텃밭이 그리웠다. 그래서 아들이 퇴근해서 돌아오는 저녁마다 아들 내외를 들볶았다. "집으로 내려가야겠다. 빨리 나 좀 집으로 데려다 다오." 아들 내외는 겨울부터 봄까지 날마다 노인에게 시달림을 받았다. 그러다 노인이 밥을 거부하기 시작하자 생각을 바꿨다. 노인의 며느리가 노인의 아들에게 말했다. "재가요양보호제도가 있잖아요." 이 말을 들은 노인의 아들은 그 길로 노인이 살았던 집으로 내려가 군데군데 손을 본 뒤 노인을 다시 데려다 놓았다.

처음 일주일 동안 나는 이 이야기를 노인에게 하루도 빠짐없이 들었다.

두 개의 방을 돌아 마루로 나온 노인은 어느새 남색 꽃무늬 몸뻬로 갈아입었다. 팬티는 입지 않은 채였다. 노인에게는 팬티가 없었다. 꽃무늬 몸뻬와 고무줄 치마는 많지만 집 안 어디에도 팬티는 보이지 않았다. 앉은걸음으로 엉덩이를 바닥에 끌고 다니는 노인은 괜한 빨래만 더한다 싶어 속옷을 입지 않는 모양이었다.

목욕을 하고 옷을 갈아입고 두 개의 방을 돌아오는 것도 힘이 들었는지 노인은 마루에 나오자마자 큰 한숨부터 쉬었다. 그러나 얼굴 표정과 뱉어내는 말은 한숨과 달랐다.

"아이고! 개운하다. 인자 살겠다."

노인은 잇몸뿐인 입을 벌린 채 집 앞의 논들과 건너편 마을과 하늘을 바라보았다.

다른 할 일이 없는 나도 노인의 시선을 좇았다. 하늘이 파랗고 논에 심어 놓은 연두색 모들이 눈이 시게 아름다운 날이었다. 건너편 마을의 어느 집 옥상에서는 빨래가 바람에 나부끼며 마르고 있었고 도로에는 자전거를 탄 남자가 힘껏 페달을 밟고 있었다. 그리고 아무것도 심어지지 않은 마당의 텃밭은 눈부시게 고요했다.

문득 노인에게 배정된 시간을 이렇게 앉아서 보내도 되나 하는 생각이 다시 스멀스멀 일어났다. 나는 집 안을 구석구석 눈으로 살피며 내가 또 해야 될 일이 없는지를 살폈다. 그런데 쓰레기는 하루 전에 태웠고 빨래는 이미 노인이 다 했으며 두 평 남짓한 두 개의 방은 노인이 목욕할 때 아침 먹은 설거지와 함께 청소를 해 놓은 상태였다. 남은 할 일이 있다면 노인의 점심 준비뿐이었다. 하지만 아침을 늦게 먹었다는 노인은 아직 점심 생각이 없는 모양이었다.

"점심은 좀 이따 먹을 거여. 그러니까 여기 좀 누워서 쉬어."

이제 노인의 이야기를 들어 줘야 하는 시간이란 걸 나는 이 한마디로 알아차렸다. 매일 같이 노인은 이렇게 이미 여러 번 했던 이야기를 이런 식으로 다시 시작했다.

나는 노인이 이야기를 꺼내기도 전에 벌써 또 지겨워지기 시작했다. 노인이 그의 소재를 물을 때마다 죽었다는 말을 해야 할 일도 머리가 아팠다. 멀쩡하게 살아 있는 사람을 죽었다고 말할 때마다 나는 명치가 막히는 기분이었다. 하지만 노인의 이야기를 들어 주는 것이 내가 노인에게 해 줘야 하는 일 중의 하나였다. 내가 돌아가고 나면 어쩌다 집 앞의 논 주인이나 들러볼 뿐 좀처럼 사람이 찾지 않아 혼자 지내는 시간이 많은 노인은 나에게 끊임없이 무슨 말이든 하고 싶어 했다. 나는 하늘색 니트를 걸친 뒤 마루에 눕는 노인을 따라 옆에 누웠다.

그런데 노인의 이야기는 여느 날과 시작이 달랐다.

"엊저녁에 막 잠이 들라고 하는데 말이여. 뭔 소리가 들리지 않것어? 문이 열리는 소리가 난 것도 같고, 사람 발소리도 들리고, 그릇이 달그락거리는 소리도 났는데 말이여……? 첨에는 꿈인가 했지 뭐여."

천장에 붙어 있는 여덟 마리의 파리를 바라보고 있던 나는 처음에 노인이 무슨 말을 하는 것인가 했다. 노인이 같은 말을 다시 반복해 들려주고 나서야 겨우 노인의 말을 이해할 수 있었다. 노인의 말을 알아들은 나는 속으로 조금 놀랐다. 노인이 똑같은 내용의 이야기를 전혀 다른 방식으로 시작할 줄은 꿈에도 생각하지 못했기 때문이었다. 그러니까 노인은 내게 또 딸이 뭔가 훔쳐 갔다는 말을 꿈을 빌려 시작한 것이었다. 갈수록 노인의 말에 귀를 기울이지 않는 내 관심을 노인은 그런 식으로 이끌어 낸 거였다. 그런 노인의 속이 빤히 보였지만 나는 잠자코 천장만 바라보았다. 파리 두 마리가 날아갔다. 내가 아무런 반응도 보이지 않자 노인의 목소리는 더욱 은밀해졌다.

"그 소리들을 들으니까 잠이 확— 달아나지 뭐여. 그래서 창문을 가만히 열고 내다봤제. 아, 글쎄! 저 창으로 내다보니까 그년이 여기저기 막 뒤지다가 저 방문 앞에 있는 쌀을 퍼 갖고 가는 거여. 고춧가루가 안 보이니까 쌀을 갖고 간 모양이드라니까."

노인은 방금 전 자신이 들어갔던 방문 앞을 저 방문 앞이라고 덧

붙여 설명해 주었다. 노인은 방에 들어갈 때 문지방을 등지고 앉은 뒤 두 팔을 버텨서 상체를 들어올렸다. 그리고 재빨리 엉덩이를 문지방 안에 밀어 넣었다. 나는 노인의 몸놀림이 가볍고 또 민첩해서 놀랐는데 이야기의 방식을 바꿔서 더욱더 기가 막혔다. 상대의 기분을 살펴서 대처하는 데 능숙한 노인이 같은 내용도 이야기의 시작을 바꿔 전혀 다른 이야기처럼 들리게 했던 것이다.

나는 파리가 한 마리만 남은 천장에 시선을 고정한 채 무심하게 대꾸했다.

"그럼, 소리쳐서 못 갖고 가게 하시지 그러셨어요?"

무심한 대꾸였지만 노인은 그마저도 기쁜 모양이었다. 대번 노인의 목소리에 신명이 실렸다.

"소리쳤지. 소리쳤어. 당장 쌀 놔두고 가라고 소리소리 질렀지. 근데도 듣는 척도 안 하고 나가더라니까."

나는 노인의 거짓말이 더 이상 참기 어려워 마루에서 일어나 앉았다. 하지만 노인의 말을 막을 수는 없었다. 나는 마당 쪽으로 고개를 돌렸다. 한낮의 바람이 모 심은 논들을 건너왔다. 노인의 집은 오래된 오두막에 슬레이트를 얹고 추위를 막기 위해 처마 끝에서 바닥에 닿게 플라스틱 슬레이트를 둘렀는데 작은 출입문이 지하수가 쏟아지는 수도꼭지 옆에 있었다. 바람은 항상 그곳으로 들고 났다. 노인이 자주 쓰는 양은세숫대야가 물을 받는 통 옆에서 햇빛을 받아 빛났다. 그런데 내 시선은 또 어느 사이 텃밭으로 향했다. 온 들판이 파란데 텃밭만은 유독 빈 땅으로 남아서 날마다 노인의 호미질을 받는 이유가 나는 여느 날보다 궁금했다. 궁금한 일을 당사자에게 묻기 위해서는 먼저 상대의 비위를 맞추는 게 맞을 터였다. 나는 또다시 딸이 쌀을 가져갔다고 말하는 노인을 돌아보았다.

"정말 어머니가 부르시는데도 그냥 갔단 말이에요?"

아무래도 믿지 못하겠다는 내 표정에 노인도 마루에서 몸을 일으켰다.

"그려. 뒤도 안 돌아보더라니까."

이제 노인은 아주 기가 막혀 죽겠다는 얼굴을 했다. 이럴 때는 맞장구를 확실하게 쳐줘야 할 것 같았다. 최소한 노인의 말을 믿는 척은 해 줘야 할 것 같은 생각도 들었다. 나도 노인을 따라서 기가 막힌다는 표정을 지었다.

"세상에! 어떻게 그럴 수가 있대요?"

마침내 노인은 새카맣게 메마른 손으로 눈을 훔치는 시늉을 했다.

"그러니까 말이여. 쌀이 없어서 갖다 먹는 건 그렇다 쳐. 어떻게 에미가 부르는데 모른 척하고 갈 수 있느냐 이 말이여. 그래서 내가 이렇게 서러운 게 아니겠는가? 이렇게 늙어서 서럽고 자식이 원수 되어 버려서 서럽고······."

"정말 그러시겠어요."

앞뒤가 맞지 않는 노인의 말은 갈수록 이해하기 어려웠다. 생판 모르는 남에게 날마다 딸을 도둑으로 만들면서 이건 또 무슨 말인지 도무지 이해할 수 없었다. 노인의 집 앞 논 주인의 말을 듣지 못했다면 나는 틀림없이 노인의 말을 액면 그대로 믿었을지도 몰랐다. 그런데 노인은 자신의 부름에 외면한 딸을 원망하고 있었다.

급기야 노인은 노래를 부르기 시작했다. 처량한 타령조 한탄이었다.

"사는 것이 뭣이여. 인생이 뭣이여. 매정한 사람, 가려면 같이 가지. 어떻게, 그렇게 혼자 갈 수 있나."

노인의 노래는 자꾸 바람이 새는 소리가 섞였다. 한 소절의 타령을 마친 노인은 하아~ 하아~ 숨을 몰아쉬었다. 또 한 소절의 노래를 부르기 위해서였다. 하지만 노인은 노래를 계속 잇지 못했다. 노인의 집 앞 논 주인이 모가 빠진 곳이 없는지 뜬 모는 없는지 둘러보러 왔다가 노인의 노래를 듣고 마당으로 들어섰기 때문이었다.

칠십 대 중반이라는 논 주인은 노인의 마당에 들어서면서 나를 먼저 아는 체했다.

"오랜만에 보는 것 같네. 점심은 먹었어?"

언제 들어도 키 작은 논 주인의 목소리는 카랑카랑했다. 나는 해사한 그녀의 얼굴 가운데서도 얇은 입술을 골똘하게 바라보았다. 언젠가, 그의 여자인지도 몰랐을 때 그의 여자를 처음 본 어머니가 그랬다. 상당히 말이 좋겠구나. 논 주인의 입술이 꼭 그 여자 입술을 닮았다. 나는 노인의 입이 위태롭게 느껴졌다. 노인은 이야기에 막 열을 올리는 참이었고 논 주인은 노인을 찾을 때마다 내게 노인의 딸을 더 안타까워했다. 하지만 노인은 나를 보지 않았다. 귀에 익은 목소리를 듣는 순간 노인의 시선은 논 주인에게로 향했고 곧장 표정이 밝아졌다. 논 주인은 어쩌다 한 번씩 노인을 찾아보는 유일한 사람이었다. 노인은 논 주인을 보자마자 내 옆을 가리켰다.
"어서 와. 여기서 좀 쉬었다 일해. 모 때우러 왔구먼."
나는 논 주인에게 자리를 비켜 주었다. 마루는 세 사람만으로도 꽉 차는 느낌이었는데 논 주인은 마루에 걸터앉자마자 크게 한숨부터 쉬었다.
"예. 해 줄 사람이 없으니 어쩌겠어요?"
노인이 주름진 입으로 하아— 하아— 숨을 뱉으며 고개를 끄떡였다.
"암만. 여자 혼자 농사 짓는다는 것이 보통 일이 아니고말고. 나는 농사 안 지어도 이렇게 힘이 드는데."
그리고 노인은 또 타령조를 시작했다. 인생이 무엇이여. 사는 것이 무엇이여. 흘러간 세월이 무정하고 백발이 무정하다. 노인이 늘 어놓는 타령조를 듣던 논 주인이 물었다.
"또 무슨 일이요? 노래를 그렇게 부르시게……?"
기다렸다는 듯 노인은 또 눈가를 훔쳤다. 그래도 노인의 눈가에는 눈물방울이 비칠 듯 말 듯 맺혀 있었다. 노인의 말을 막을 수 없는 나는 그런 노인을 외면하고 마당을 향해 돌아앉았다. 햇빛을 가득 받고 있는 마당의 텃밭은 시간이 갈수록 더욱더 눈이 부셨다. 그제야 비로소 나는 텃밭이 그냥 비어 있는 땅이 아니었음을 알아차렸다. 허물어진 담에서 굴러 내린 돌무더기 옆 여기저기에 삐죽한 싹이 어렴풋했다. 그러나 무슨 싹인지는 알아보기 힘들었다.
내가 마당의 텃밭을 바라보는 동안 노인은 논 주인을 상대로 내게 했던 말을 또 늘어놓았다. 나는 귀를 막고 싶었다. 논 주인 덕분에 또 그의 소재를 물어올 일이 없어서 다행이긴 했지만 상대의 대답에 따라 자신에게 합당하도록 말을 바꾸는 노인의 억지가 견디기 힘들었다. 하지만 나는 귀를 틀어막지 못했다. 노인은 외골수였다. 비록 재가요양이 처음이긴 했지만 노인을 본 지 며칠 되지 않아서 나는 그것을 알아차렸다. 자신의 말을 사실처럼 들리도록 만들기 위해 무슨 말이든 꿰어 맞추는 노인 앞에서 귀를 막는 일은 노인과 싸우겠다는 말과 같은 것이었다.

나는 노인의 방에 걸린 시계를 보았다. 하지만 노인에게 배정된 시간은 아직도 한 시간이나 남아 있었다. 다른 할 일이 있다면 한 시간 정도는 시간도 아니겠지만 아무리 둘러봐도 노인의 집에는 할 일이 없었다. 나는 노인의 말을 귓등으로 넘기려 애를 썼다. 노인은 지치지 않고 있었다. 노인의 나이는 구십하고도 두 살이었다. 사람이 백 년 가까이 살면 사람이 아니게 되는 건 아닌가 하는 생각이 들었다. 노인은 작은 들판 한가운데 혼자 살면서 딸을 도둑으로 만들 상상력만 기르는 것 같았다. 부모보다 잘 사는 자식이 부모의 것을 도둑질할 리 없다는 것을 알고 있는 상식적인 사람임에도 노인의 말에는 사실처럼 들리게 하는 중독성이 있었다. 노인의 말은 보지 않은 것도 마치 보았던 장면처럼 그려 보게 하는 힘까지 갖췄다. 논 주인이 노인의 딸은 도둑이 아니라고 몇 번을 말해도 노인은 끝까지 딸을 도둑이라고 했다. 나는 끝이 없는 노인의 말에 머리가 아팠다. 문득 부부라는 관계를 끝낼 때까지 거짓말로 일관하던 그가 떠올랐다. 내가 모든 사실을 알 게 될 때까지 그는 대출상담 부서의 고인선을 부하직원일 뿐이라고 일축했다. 마침내 노인은 딸을 가리켜 도둑년이라고 외쳤다. 그렇게 사나워진 노인의 표정을 본 것은 그때가 처음이었다.

결국 논 주인은 자리에서 일어섰다.

"쌀은 딸이 많아도 훨씬 더 많은데 그게 얼마나 된다고 갖고 가겠어요?"

그리고 논을 둘러보러 간다며 노인의 집을 나섰다. 나는 세숫대야가 있는 곳까지 논 주인을 따라갔다. 머리가 아프기도 했지만 무엇보다 흥분한 노인을 잠시라도 피하고 싶었다. 논 주인은 뒤따라온 나를 돌아보지 않고 나지막하게 말했다.

"아이고! 볼 때마다 징그러. 아무리 사랑 없이 낳은 전남편 자식이라고 어떻게 평생을 저러는지 모르겠네. 이곳을 못 잊어서 내려왔으면 가까이 있는 자식이니 잘 지내지 원."

논 주인의 말에 나는 깜짝 놀랐다. 어쩐지 도둑질하는 딸이 어느 집에 사는지 물으면 말꼬리를 흐린다 했다. 딸의 정체는 흐물흐물 말꼬리를 감추면서 서울에 있는 아들들에게서 전화가 걸려 오면 그렇게 다정다감할 수 없는 모습이 이상하다는 생각도 들었다. 가족 구성에 대해서도 어느 정도는 알고 있었는데 딸만이 전남편 자식이라는 것은 뜻밖의 말이었다. 나는 양은세숫대야 앞에서 우뚝 걸음을 멈췄다.

"전남편이요?"

목소리를 최대한 낮춘 논 주인은 노인이 있는 쪽을 향해 눈을 흘겼다.

"육이오 때 정읍에서 남편 잃고 여기까지 넘어왔다가 아들들 아버지를 만나서 살았디야. 굶어 죽게 생긴 두 모녀를 영감이 구했다는데 뭘. 근데 뭔 일로 치매에 걸려서도 딸이라면 이를 가는지 원. 아이고, 징그러."

그러다 마루의 노인을 다시 의식했는지 휘적휘적 논으로 향했다. 논 주인은 논으로 갈 때 뒤도 돌아보지 않았다. 나는 논으로 들어가는 논 주인의 뒷모습을 멍한 눈으로 좇았다. 등 뒤에서는 노인이 연거푸 나를 부르는 소리가 들렸다.

내가 다시 노인의 한숨소리를 들어주는 동안 논 주인은 몇 군데 모를 때우고 집으로 돌아갔다. 나는 허물어진 담 너머로 논둑길을 타고 가는 논 주인의 뒷모습을 바라보았다. 나와 논 주인에게 가지고 있는 기운을 다 쏟은 듯 노인은 마루에 드러누워 죽은 듯이 눈을 감았다. 나는 또 시계를 보았다. 시간은 아직도 삼십 분이 넘게 남아 있었다. 그만 퇴근을 하고 싶어도 태그 때문에 노인을 더 지키고 있어야 했다. 나는 또 하릴 없이 노인의 집 앞 논들과 건너편 마을과 하늘을 바라보다 마당의 텃밭으로 눈을 돌렸다. 여전히 삐쭉한 싹은 햇빛 때문에 텃밭의 흙과 잘 구분이 되지 않았다.

그때 처음 보는 중년 여자가 허물어진 돌담을 돌아 마당으로 들어섰다. 나는 노인을 불렀다.

"어머니! 저기…… 누가……."

하지만 내 말은 금방 끊겨 버렸다. 중년 여자가 내 말을 가로채 버렸기 때문이었다.

"야! 이 노인네야! 누가 도둑년이야, 누가?"

벽력같은 중년 여자의 고함에 놀라서 나는 마당으로 뛰쳐나왔다. 노인은 중년 여자를 보자마자 자리에서 벌떡 일어나 앉았다. 일 분도 지나지 않아 좁은 집 안에서는 두 여자의 고성이 울려 퍼졌다. 노인의 목소리도 중년 여자에게 지지 않게 앙칼졌다.

"네 년이 쌀 갖고 가고 고춧가루 갖고 갔잖여. 내가 다 봤는디, 도둑년이 어디 와서 행패여, 응? 어디서 어메한테 지랄이여, 지랄이?"

"그놈의 쌀 가져갔는지 안 가져갔는지 우리 집 가서 뒤져봐! 가서 뒤져보라고, 뒤져 봐. 치매에 걸려도 곱게 걸려야지, 이 노인네야."

그제야 나는 처음 보는 중년여자의 정체를 알아차렸다. 그런데 두 모녀의 고성은 더 듣고 있기가 민망했다. 내게는 빨리 노인의 집을 벗어나고 싶다는 생각뿐이었다. 하지만 두 모녀의 싸움을 말릴 수도 없고 아직 태그를 찍을 수도 없는 나는 하릴 없이 텃밭 가에 우두커니 서서 돌담에서 흘러내린 돌무더기만 바라보았다. 여기저기 돋아난 싹들이 그제야 확실하게 눈에 들어왔다. 하지만 뾰족한 화살촉 같은 연두색 싹이 무슨 싹인지는 알 수 없었다. 눈부신 한낮의 햇빛을 받고 있는 그 싹을 한동안 보고 있자 날마다 노인의 정성 어린 호미질을 받는 싹이 무슨 싹인지 더욱 궁금해졌다. 그러나 노인에게 아무것도 물을 수 없는 나는 조심스럽게 돌무더기 앞으로 다가갔다.

그 순간 등 뒤에서 고막을 찢을 것 같은 고함이 나를 향해 날아왔다.

"거길 왜 들어가? 거기서 안 나와?"

앙칼진 목소리의 주인은 노인이었다. 나는 노인이 그처럼 크게 소리를 지를 수 있다는 데 먼저 놀랐고 그 깡마른 몸에서 그런 고성이 나왔다는데 또 놀랐다. 나는 밭에서 후다닥 뛰쳐나왔다. 그리고 눈을 휘둥그렇게 뜨고 노인을 돌아보았다. 언제 내려왔는지 노인은 마루 아래로 내려와 플라스틱 문이 열린 곳으로 나를 노려보고 있었다. 혼이 나갈 것 같은 그 순간에도 나는 노인이 언제 어떻게 마루를 내려왔는지가 또 궁금해졌다.

노인의 딸은 노인과 나를 번갈아 보았다. 그리고 허리에 두 손을 짚으며 실소를 터뜨렸다.

"뭐여? 저걸 아직도 심어 놓고 있었어? 선영이 엄마한테 푸성귀 없다고 징징거리지 말고 열무라도 심었어야지. 겨우 그깟 백합을 심어 놓고 있어? 정말 미쳤네."

뜻밖이었다. 텃밭 여기저기 돋아난 싹이 백합이라고는 꿈에도 생각하지 못한 나는 두 눈이 휘둥그레졌다. 그런 나를 향해 노인은 또 소리를 쳤다.

"누가 거기로 들어가라고 했어? 응, 누가?"

앙칼진 노인의 고성에 지지 않게 노인의 딸도 고래고래 소리를 질렀다.

"이 노인네가 미쳤구먼. 우리 아버지 제삿날은 기억도 못하면서 그 영감이 좋아하는 꽃은 지금도 끔찍한 걸 보니 완전히 미쳤어. 저 놈의 밭에 제초제라도 뿌려 버려야겠구먼."

"그래, 미쳤다. 철없을 적에 너 떨궈 놓고 그 고생시킨 네 아버지는 생각도 안 난다, 이년아. 그러니까 제초제 뿌리기만 해 봐, 이년."

나는 멍한 눈으로 노인을 바라보았다. 치매에 걸려서도 아들들 아버지가 세상 전부인 노인의 눈은 광기로 번득이고 있었다. 어떻게 이런 사랑이 다 있나. 한낮의 햇볕을 받고 있음에도 내 몸에는 오소소 소름이 돋았다. 날마다 빈 땅에 호미질만 한다 했는데 이런 이유가 있었다니. 서울의 아들네 집에서 기를 쓰고 이 들판 가운데로 내려온 이유가 이것이었다니. 나는 앉은걸음으로 엉덩이를 끌면서 홀로 살아 내는 노인의 힘이 믿어지지 않았다. 도무지 노인을 이해할 수도 없었다. 자신은 세상을 떠난 지 몇십 년 되는 사람도 잊지 못하면서 어떻게 나에게는 그를 잊어버려야 한다고 할 수 있는지도 물어보고 싶었다.

두 모녀의 싸움은 중년 여자가 이를 갈며 노인에게서 등을 돌리는 것으로 끝이 났다. 중년 여자는 노인에게서 등을 돌리기 전에 이렇게 말했다.

"인간아, 차라리 죽어. 살아서 여러 사람 못할 일 그만 시키고 빨리 죽어 버리라고."

중년 여자가 노인에게서 등을 돌리자마자 노인은 또 고래고래 소리를 질렀다.

"저런 년은 딸도 아니여. 나는 저런 년 낳지 않았어. 도둑년!"

그리고 노인은 마루에 벌렁 드러누웠다. 그제야 나는 중년 여자가 노인의 소중한 무언가를 훔쳐서 모든 것을 훔친 죄인으로 낙인찍혔을지도 모른다는 생각을 했다.

태그를 찍을 시간이 오 분 정도 남았다. 나는 노인의 방에 걸린 벽시계를 바라보며 이마를 어루만졌다. 무엇보다 머리가 아팠고 빨리 집에 돌아가고 싶은 마음이 간절했다. 나는 노인의 시선을 무시한 채 핸드폰과 크로스백을 무릎 위에 놓고 텃밭과 시계를 번갈아 바라보았다. 그런 내게 노인이 무심한 척 물었다.

"갈 때가 됐어?"

나는 언제나처럼 무심하게 대답했다.

"아직 오 분 남았어요."

노인은 천장으로 시선을 옮기며 잠시 침묵했다. 그러다 또 한숨을 길게 내쉬었다.

"나는 저년을 낳지 않았어. 아이고, 나는……."

그리고 다시 말간 얼굴로 돌아간 노인은 일어나 앉으며 나를 쳐다보았다. 그의 소재를 물을 때가 지났는데 아무것도 묻지 않고 나를 바라보기만 하는 노인이 이상해 보였다. 노인의 집에 다니면서 이런 일도 처음이었다. 나는 일을 하다 보니 이런 날도 다 있나 보다고 생각했다. 그런데 그 순간 노인이 뭔가 간절한 표정을 지었다.

"내 말대로 죽은 사람은 잊어버려. 잊어버려야 할 일을 기억하고 산다는 것은 고통이여. 망령이 들어도 잊지 못하는 일이라면 더 그렇제. 죽은 사람은 이웃집 개만도 못해. 이웃집 개는 부르면 돌아보기라도 하지."

노인의 말은 너무도 진지했다. 노인이 이렇게 진지하게 말하는 것은 정말 처음이었다. 그렇게 진지한 노인의 말을 듣고 있으려니까 문득 그가 정말로 죽었을지도 모른다는 생각이 들기 시작했다. 그런 그를 나는 부정하고 살았다. 그는 내게서 죽어 버린 지 오래인데 나는 그가 죽었다는 사실을 받아들이지 못했다. 나는 노인의 말에 고개를 끄떡이며 또 시계를 보았다. 이제 태그를 찍을 시간이었다. 그가 나를 떠난 이후부터도 수없이 돌고 돈 바늘이 오후 세 시를 가리키고 있었다.

나는 태그를 찍고 노인의 집을 나섰다. 허물어진 돌담을 끼고 돌 때도 노인은 또 그를 잊어버리라고 당부했다. 하지만 나는 아무래도 백합이 필 때까지 노인을 견디기 어려울 것 같았다. 한 번도 노인처럼 사랑을 해 본 적이 없는 나에게 백합은 치명적인 향이 될 터였다. 지인의 소개로 만나서 결혼했다가 운명적인 여자를 만났다며 떠난 그에게는 특별히 좋아하는 꽃도 없었다. 나는 노인의 당부에 건성으로 대답하며 센터의 전화번호를 누르기 시작했다.

포르말린

또 아침이 왔다. 창문으로 따뜻한 햇볕이 무더기로 쏟아져 들어왔다. 하지만 방안의 공기는 달라지지 않았다. 전 세계 말을 다 모아놓아도 설명할 수 없는 냉기가 흐르는 방이 내가 있는 방이었다. 춥다고 말하기도 그렇고 서늘하다는 말도 적당하지 않은 공기. 날씨가 아무리 따뜻해도 달라지지 않을 것 같은 공기. 나는 이 방에 온 날 죽은 자의 체온과 같은 이 공기를 섬뜩한 냉기라고 결론지었다.

방문이 열리고 내 체온과 비슷한 냉기가 신선한 바깥 공기와 뒤섞이는 게 느껴졌다. 환하게 불도 밝혀지면서 방 안에 드리워졌던 서늘한 그늘이 구석으로 물러났다. 하얀 가운을 입은 한 무리의 젊은이들이 방 안으로 들어섰다. 그들의 허리 높이에 누워 있는 나는 그들이 몇 명인지 헤아리지 못했다. 그들이 의과대학에 다니는 학생들이라는 것만은 알아보았다. 그 가운데 좀 더 나이 들어 보이는 남자는 교수일 터였다.

나이 들어 보이는 남자가 내 앞으로 다가왔다. 어쩐지 낯이 익은 얼굴이었다. 나는 그가 누구일까 생각했지만 기억이 나지 않았다. 좁고 기다란 얼굴과 곧게 선 콧날과 예리한 눈빛을 한두 번 본 게 아닌 것 같은데 도무지 기억이 나지 않았다. 나는 너무 오래 뼛속까지 얼어붙는 추위 속에서 홀로 누워 있었다. 사람들이 나를 발견했을 때는 온몸이 얼어붙어서 내가 마음대로 움직일 수 있는 것은 하나도 남아 있지 않았다. 기억력이 퇴화된 것은 그 원인이 가장 클지도 몰랐다.

나는 결국 그를 기억해 내는 것을 포기했다. 그가 학생들을 내 주위로 불러서 더 이상 그를 기억해 내려고 애쓸 수도 없었다. 그가 학생들과 함께 나를 위해 묵념을 했다. 나는 여전히 기억해 낼 수 없는 그와 학생들을 번갈아 바라보았다. 그의 손짓을 따라 나를 둘러선 학생들이 몇 명인지 알 수 없는 것도 여전했다. 학생들은 풋풋했다. 스물서너 살쯤 되었을 것 같아 보였고 많으면 스물다섯 살쯤 될 것 같았다. 그 가운데서 여릿한 인상을 가진 여자가 나를 보고 놀라는 것 같았다. 나도 긴 생머리를 한데 뒤로 묶은 여자를 알아보았다. 이 도시의 중심부에 있으면서도 재개발이 이루어지지 않는 동네의 모텔들이 쭉 눈앞을 스쳐 갔다. 창백한 피부와 오뚝한 콧날에 예쁜 입술을 가진 그 여자는 그 모텔들 앞에서 자주 마주친 여자였다.

학생들을 내 주위로 불러 모은 남자가 그 여자에게 말했다.

"자, 오! 설명은 이미 다 했고 이제 메스를 들어 봐. 설명했던 대로 피부 조직을 벗겨 보도록."

그는 남학생도 많은데 굳이 오라는 여학생을 지목했다. 왜? 하고 생각했지만 그것도 오리무중이긴 마찬가지였다. 오는 쉽게 메스를 들지 못했다. 그때 오를 바라보는 그의 눈이 안경 속에서 날카롭게 빛났다. 그 눈빛을 보고 나서야 그에 대한 기억이 어렴풋이 떠올랐다.

가을비가 내리고 난 어느 저녁 무렵, 나는 '문화의 전당'에서 가까운 동네의 골목을 걷고 있었다. 그 시간, 나에게는 허기를 채워줄 음식이 필요했다. 나는 기다란 막대에 주운 옷가지를 싼 보퉁이를 매달고 모텔 앞에 있는 식당의 음식물쓰레기통을 일일이 들여다보며 걸어갔다. 그렇게 골목을 걷던 나는 마지막 식당 앞에서 걸음을 멈췄다. 음식물쓰레기통 속에 김치 국물이 범벅이긴 했지만 먹을 만한 식은 밥 덩어리가 있었다. 나는 쓰레기통에서 식은 밥 한 덩어리를 주워 들고 식당 앞을 돌아섰다. 그때 옥신각신 다투는 남녀의 목소리가 들렸다. 메스를 쉽게 잡지 못하는 오와 오에게 메스를 들라고 한 바로 이 남자였다. 오와 다툴 때 남자는 오에게 메스를 들라고 할 때처럼 눈빛을 날카롭게 빛냈다. 그리고 이렇게 말했다. 남의 남자를 만나면서 이 정도 배짱도 없어? 이런 배짱도 없으면서 내 밑에서 공부를 하겠다고?

또다시 남자가 오를 재촉했다.

"지금 뭐 하고 있나, 오?"

남자의 말은 그를 거부할 수 없게 만드는 힘이 있었다. 두려움에 손을 들지도 못하던 오가 마침내 메스를 잡았다. 포르말린 용액에서 건져 올린 지 한참 된 내 몸에 한기가 들었다. 반 뼘도 되지 않는 칼이 내 피부를 벗겨 낼 것을 생각하니까 온몸이 오싹했다. 전등 불빛에 파랗게 빛나는 작고 얇은 칼날이 섬뜩해 보였다. 메스를 잡은 오의 손이 미세하게 떨렸다. 나는 오가 안타까웠다. 여자는 요리를 하거나 그림을 그리거나 아이들을 가르치는 일을 해야 하는데, 어떻게 의대를…… 하는 생각이 다 들었다. 아무래도 오는 부모의 성화에 등을 떠밀려 의과대학에 간 것 같았다.

문득 나는 내 몸이 보고 싶었다. 조금 있으면 낱낱이 해체되고 갈라지게 될 몸이었다. 작고 삐쩍 마른 몸으로 오랫동안 거리를 헤매며 돌아다녔던 나는 곧 사라지고 말 터였다. 벌써 남자는 이 도시를 헤매고 돌아다니는 동안 까맣게 타버린 살갗과 두꺼운 옷 속에서 하얗게 마른 내 살갗을 벗겨 내라 하고 있었다. 까맣고 하얀 살갗 아래 뼈에 납작하게 들러붙어 있는 근육들이 초점 없는 내 눈앞에서 떠오르다 사라졌다. 나는 오를 보았다. 사실은 오를 보는 것도 아니고 보지 않는 것도 아니었지만 나는 내가 오를 보고 있다고 생각했다. 오의 눈 속에는 주름투성이에 키 작은 남자가 들어 있었다. 검게 그을리고 하얗게 삐쩍 마른 남자였다. 피부 조직을 분리하면 뼈와 장기밖에 남지 않을 내 몸이었다. 나는 어려서부터 발육이 느렸고 일찌감치 성장판이 닫혔다. 집이 가난했고 부모님의 유전자가 그랬다. 나는 나를 만들어 이 세상에 내보낸 부모님을 떠올리지 않았다. 감상에 빠질 때가 아니었다. 나는 내 몸을 책을 읽듯 자세히 들여다보았다. 작고 마른 몸이 큰 대(大) 자 같았다. 바짝 오그라진 성기가 창피했다. 나를 잠시 들여다보던 오가 얼굴을 찡그렸다.
"이 사람이 이렇게 작고 마른 사람이었나?"
작고 예리한 칼날이 내 가슴에 섬뜩하게 닿았다. 오가 두려움 때문에 무심코 메스를 든 채 내 가슴을 짚었다. 이 방에 가득하던 냉기와는 질적으로 다른 금속성의 차가운 기운에 나는 바짝 긴장했다. 내 가슴을 누른 게 오의 손이 아니라 작은 칼날이라는 게 마음에 들지 않았다.

잠깐이 얼마큼의 시간을 가리키는지 나는 한 번도 생각해 본 적이 없었다. 누구도 내게 잠깐을 외쳐 준 사람이 없었고 나 역시 마찬가지였다. 나는 그냥 이 도시를 흘러 다녔다. 작은 이 도시를 돌고 또 돌았다. 어느 한곳에 정착할 수도 없고 정착하지도 못하는 나도 이 도시의 일원이었다. 나는 끊임없이 걸어서 이 도시를 돌아다니는 것으로 내 존재를 입증했다.
하루에 내가 걷는 거리는 대략 4킬로미터도 되지 않았다. 한 번 들어간 동네를 하루 안에 벗어나기 힘들었다. 나는 식당 앞에 있는 음식물쓰레기통을 일일이 들여다보고 먹을 만한 것을 찾아야 했다. 찾으면 일단 그 자리에서 배를 채우고 보관할 수 있는 음식은 보퉁이에 넣었다. 음식물쓰레기통에는 그야말로 음식물쓰레기뿐이었지만 가끔 처치 곤란한 식은 밥이나 빵, 또는 김밥이 버려져 있을 때도 있었다. 그럴 때 나는 평생 갖기 어려운 집을 구한 것처럼 행복

했다.

 배가 부르고 다음 끼니를 걱정하지 않아도 되게 되면 동네의 이곳저곳을 천천히 배회했다. 사람들에게 보폭을 맞추지 않고 뒷골목과 거리를 흘러 다녔다. 느릿느릿 걸어 다니면서 길을 지나는 사람들과 가게들을 구경했다. 뒷골목에서는 모텔을 기웃거리기도 했다. 문화의 전당이 가까운 동네는 모텔이 꽤 많았다. 도심이 예전 같지 않았지만 문을 닫은 모텔도 없었다. 학원가가 가깝고 웨딩의 거리가 동네에 있었다.

 나는 그 동네 어느 모텔 앞에서 오를 처음 보았다. 비가 내리고 난 가을날 저녁이었다. 그린 컬러 바탕의 꽃무늬 원피스를 입고 있는 오를 처음 본 순간 나는 햇빛 좋은 날 천변에 핀 코스모스를 떠올렸다. 창백하리만치 하얀 피부와 예쁘게 생긴 입술에 감도는 붉은빛이 얇고 갸름한 얼굴과 잘 어울렸다. 나는 그때까지 도시를 돌아다니면서 그렇게 아름다운 여자는 한 번도 본 적이 없었다. 오를 본 순간 나도 모르게 그 자리에 멈춰 섰다. 오는 자신을 쳐다보는 나 따위는 신경도 쓰지 않았다. 오가 잠시도 눈을 떼지 않는 대상은 함께 모텔을 나온 남자였다. 남자는 오가 점퍼를 닦는 것을 보며 짜증을 내고 있었다. 점퍼에 묻은 것은 잘 닦이지 않는 모양이었다. 결국 남자가 점퍼를 벗었다.

 "그게 그렇게 닦는다고 닦아지냐?"

 오는 물에 적신 손수건을 들고 남자를 빤히 쳐다봤다.

 "그러니까 세탁소에 맡겨요. 세탁소에 맡기면 될 걸 왜 자꾸 싫대?"

"오!"

남자는 더욱 화가 난 얼굴로 목소리를 높였다.

"밤을 새우는 것도 겁내지 않는 와이프랑 또 싸우라는 거냐? 새로 사 입고 들어가서 좀 뻔뻔하게 변명하면 될 걸."

"……."

"넌, 남의 남자 만나면서 그런 배짱도 없냐? 여자 있는 남자의 애인이 되려면 배짱이나 담은 기본으로 장착해야 되는 거 아냐?"

오는 더 이상 아무 말도 하지 않고 남자를 따라 골목을 나갔다. 나는 남자가 버린 브라운 컬러의 점퍼를 주워 입었다. 체격이 큰 남자의 점퍼는 여러 개의 옷을 껴입었는데도 내게 딱 맞았다. 남자의 점퍼 때문에 때에 전 옷이 가려졌다.

내 몸에 걸쳐진 옷은 몇 겹인지 헤아리기 어려웠다. 나는 집을 나올 때 입고 있던 옷 위에 계속해서 옷을 껴입었다. 버려진 괜찮은 옷을 볼 때마다 그냥 지나치지 못했다. 또 입고 있던 옷도 벗어 버리지 못했다. 내 몸에는 계속 옷이 쌓여 갔다. 얇은 옷과 두꺼운 옷이 계절별로 내 몸에서 부피를 더해 갔고 잘 때는 그대로 이불이 되었다. 시간이 갈수록 걷는 게 불편해졌다. 자연히 걸음이 느려졌다. 한 동네를 벗어나는 데 걸리는 시간이 갈수록 길어졌다. 비가 내리는 날에는 젖은 내 몸이 더 무거워져서 곤혹스러웠다. 그래서 비가 내리면 보퉁이 속에 넣어 두었던 빵이나 김밥을 죽지 않을 만큼 나눠 먹으며 다리 밑이나 육교 아래서 꼼짝도 하지 않았다.

남자가 버린 점퍼를 껴입은 뒤 오가 젖은 손수건으로 문질렀던 곳을 들여다보았다. 그곳에는 붉은 립스틱 자국이 제법 뚜렷했다. 남자보다 키가 작은 오의 입술이 어쩌다 실수로 남자의 점퍼에 닿아 버린 모양이었다. 오의 입술 모양은 점퍼 위에서도 아름다웠다. 나는 거리를 돌아다니는 동안 오의 입술 모양을 자주 들여다보았다. 그때마다 죽은 듯이 오그라들어 있던 내 성기가 조금씩 바지 속에서 들썩거렸다.

내 앞에 서 있는 오는 그날의 오처럼 아름답지 않았다. 긴 머리는 아무렇게나 뒤로 모아 한데로 묶었고 립스틱을 바르지 않은 입술은 허옇게 말라 있었다. 입술 윤곽은 여전히 예뻤지만 누구도 키스 같은 건 하고 싶지 않을 것 같은 입술이었다. 내 성기도 잠잠했다. 다행이라는 생각이 들었다.

그때 오의 손이 눈에 보이게 떨렸다. 나는 두려움에 떨고 있는 오가 답답했다. 하지만 이해가 되지 않는 것도 아니었다. 죽은 사람을 만지고 피부 조직을 벗겨 내고 몸의 구조를 살피는 일은 어지간히 담이 큰 사람이라도 아무렇지 않게 할 수 있는 일이 아닐 터였다. 죽은 사람을 사람으로 보지 않는 세뇌와 훈련을 거치지 않으면 안 될 일 같았다. 단 한 번의 실수도 용납되지 않는 현장을 위한 세뇌와 훈련. 오는 지금 훈련 중이었다. 내 눈에도 또렷하게 보일 정도로 떨면서. 나도 거리에서 교통사고 당한 시체를 보면 고개를 돌렸고 치밀어 오르는 욕지기를 참지 못했던 적이 있었다. 거리를 돌아다니다 보면 그런 일은 많았다. 특히 늦은 밤이나 새벽, 차들의 속력이 높아질 때면 팔과 다리와 몸통과 머리가 각각 따로 떨어져 있는 사체가 가끔 보였다. 그때가 먹을 만한 음식은 더 많이 주울 수 있었지만 한두 번 끔찍한 장면을 보고 난 뒤부터는 아무리 배가 고파도 거리로 나가지 않았다.

 떨리는 오의 손을 따라 내 가슴 위에서 메스의 날이 이리저리 움직였다. 작은 칼날에 쓸린 가슴이 너덜너덜해지는 것 같았다. 나는 오의 손을 붙잡고 싶었지만 내 몸은 이미 타인의 영역에 들어 있었다. 내 몸이라고 해서 내가 어떻게 할 수 있는 건 아무것도 없었다. 이럴 때는 화를 내야 하는데 그것조차 불가능한 나는 더욱더 뻣뻣하게 굳어 갔다. 오의 손은 계속 불안했다. 오에게 배짱과 담을 키워주겠다던 남자는 대체 무엇을 한 것인지. 이렇게 심약한 여자가 어떻게 내 피부 조직을 벗겨 낼 수 있을지 걱정되기 시작했다.

 남자가 다시 큰 소리로 오를 다그쳤다.
 "어떻게, 포기하겠나? 그렇게 하면 자네의 학점은……."
 남자의 말이 끝나기도 전에 오의 메스가 내 가슴을 쭉 그었다. 칼날이 지나갈 때 내 가슴에서는 바람 소리가 들리는 것 같았다. 단숨에 내 가슴을 그은 오의 손이 그런 느낌을 갖게 했다. 오는 뭔가 노력해서 얻을 수 있는 것을 놓치게 될 것 같으면 주저하지 않는 성격의 소유자인 모양이었다. 나는 이 사실을 새삼스럽게 다시 깨달았다. 그런 오가 메스를 쥐어서 나는 좀 두려웠다.
 메스가 지나간 자리에서 피가 솟아나는 모양이었다. 오가 거즈로 내 가슴을 살짝살짝 눌렀다. 나는 내 몸이 신기했다. 먹고 마신 게 별로 없어서 절개된 상처 위로 솟아날 피 같은 건 없을 줄 알았다. 내 몸은 여러 겹의 옷을 껴입고 거리를 돌아다니는 동안 마를 대로 말라 있었다. 또 이 방으로 실려 오기 전에 나는 살갗이 에는 공원의 정자에 있었고 사람들이 나를 발견한 것은 햇살에 대기 속의 공기가 녹기 시작하는 아침이었다. 하지만 얼었던 내 몸이 포르말린 용액 속에서도 조금이나마 녹아 솟아날 피가 생긴 모양이었다.

나는 고요하게 오의 다음 손길을 기다렸다. 메스로 내 가슴을 그은 오의 다음 손길을 기다리면서도 이게 행복인지 아닌지는 분간이 되지 않았다. 피부 조직이 다 제거되면 나는 더 이상 내가 아니게 될 것이었다. 나의 특징이 걷어 내진 내 몸은 그냥 가죽을 벗겨 낸 사체에 지나지 않을 터였다. 내가 누군지 전혀 알 수 없는. 위치와 역할이 파악된 근육은 폐기될 것이고 뼈는 각기 다른 전공자들에게 나눠질 것이므로 유전자 검사를 하지 않는 한 나는 나라고 불리지 못하게 될 것이다. 그렇게 이 세상에서 나는 여러 사람에게 나뉘어져 사라지게 된다. 그러니까 오는 나를 사라지게 만들기 위해 메스를 들고 내 앞에 서 있는 거였다. 나는 나를 사라지게 만들기 위해 오가 메스를 들고 있다는 게 마음에 든다고 생각하기로 했다. 그렇게 생각하는 것 말고는 아무 방법이 없었다.

하지만 오는 다시 손을 멈추고 있었다. 나는 오를 보았고 남자는 오를 재촉했다.

"그 다음은 뭘 해야 하지? 이미 다 설명했잖아."

오가 심호흡을 하고 대답했다.
"알고 있습니다. 그러니까 혈액을 제거해야 합니다."
남자가 여전히 딱딱한 표정으로 고개를 끄떡였다. 그런 남자를 보자 나는 갑자기 남자의 몸속을 흐르는 피의 온도가 궁금해졌다. 남자에게도 슬픔이나 기쁨 같은 감정이 있는지 알고 싶었다. 거의 매일같이 사람의 장기들을 들여다보고 사는 그가 오를 안을 때 무슨 상상을 하며 섹스를 하는지도 알고 싶어졌다. 아무리 봐도 남자는 보통의 인간 부류와는 달랐다. 먹고 마시는 기관처럼 배설하는 기관을 노출시키면서도 수치스럽게 생각하지 않는 사람이 남자였다. 어느 어둑한 늦가을 저녁이 떠올랐다. 나는 버려진 음식을 줍기 위해 오를 만났던 골목을 뒤지고 있었다. 그때 음식물쓰레기통 옆에서 남자가 오줌을 싸고 있었는데 남자보다 어려 보이는 연인과 골목을 들어서던 여자가 그 광경을 보고 자지러지듯이 놀랐다. 하지만 남자는 바지를 올리며 태연하게 웃었다.
"그냥 배설기관일 뿐인데. 웃기지도 않는군."
이런 남자와 헤어졌다 다시 만나는 오도 남자 못지않을 것 같았다. 남자의 한마디에 메스로 내 가슴을 쭉— 그어 내린 걸 보면 그랬다. 아직 어느 정도 두려움이 남아 있긴 하지만 오는 남자에게 꽤 단련되어 가고 있는 게 분명했다.
오가 천천히 내 몸에 남아 있는 피들을 빼내기 시작했다. 바람이 덜 빠진 풍선 같던 내 몸이 완전히 수축된 느낌이 들었다. 내 몸이 점점 더 가벼워지고 있었다. 나는 여전히 비닐이 깔린 해부용 매트 위에 누워 있었지만 몸 곳곳에서 피부가 뼈와 밀착되는 게 느껴졌다. 오가 그런 나를 조용히 내려다보았다.

 며칠 잊을 만하면 낮은 집들이 여전히 남아 있는 동네의 뒷골목 모텔 앞에서 오와 마주쳤다. 오의 남자는 마주칠 때마다 바뀌어 있었다. 비슷한 또래의 남자와 모텔에 들어가거나 처음 만났던 남자보다 한참 나이 많은 남자와 모텔을 나오기도 했다. 또 마르고 키 큰 남자와 함께일 때도 있었고 보통 키에 뚱뚱한 남자와 팔짱을 끼고 골목을 들어설 때도 있었다. 오와 마주칠 때마다 나는 모텔 앞 식당 음식물쓰레기통에서 먹을 만한 것을 줍고 있었고 오는 그런 나를 풍경처럼 지나쳤다.
 이상하게 오가 만난 남자들은 모텔을 나오면서 얇은 점퍼나 패딩코트를 버리고 갔다. 더 이상한 것은 남자들의 옷에 모두 립스틱이 묻어 있는 것은 아니라는 거였다. 립스틱 자국이 없는 옷은 왜 버리는지 알 수 없었지만 나는 오의 남자들이 버린 옷 가운데서 립스틱 자국이 있는 것만 골라 껴입었다. 내 몸은 갈수록 둥글둥글해지고 머리와 손과 발은 작아지는 기형적인 모습으로 변해 갔다. 거리를 지나갈 때마다 가게들 유리창에 비친 내 모습이 기괴했다. 드럼통 같은 몸에 붙은 머리는 혹 같았고 손과 발은 점 같았다. 거기다 어깨에 메고 있는 막대에 보퉁이를 매달고 있는 내 모습을 보면 달리 표현할 말이 떠오르지 않았다. 여름이면 내 모습이 더 확연하게 눈에 띄었다. 모두들 밝은 색깔의 짧고 얇은 옷을 입는데 나만 두꺼운 옷을 몇 겹으로 껴입고 있기 때문이었다.

거리를 걸어 다니면 사람들이 나를 놀란 눈으로 쳐다보았다. 그들은 대부분 나와 처음 마주치는 사람들이었다. 오와 남자도 나를 처음 보지 않은 게 분명했다. 처음 마주친 날 뒷골목의 한 풍경쯤으로 여긴 태도가 그랬다. 오와 남자처럼 한두 번이라도 나를 본 적이 있는 사람들은 무표정하게 나를 지나쳤다. 아무 관심도 가질 필요 없고 아는 체를 했다가는 곤란한 일을 겪을 게 뻔하므로 빨리 지나쳐 버리는 것이 현명한 일이라는 듯이 말이다. 나는 언제나 그런 거리의 사람들 사이를 유유자적 걸어 다녔다. 사람들을 유혹하고 있는 가게의 상품들과 젊은 여자애들, 먹음직스러운 음식 사진들을 보면서 천천히 산책하듯 거리를 누볐다. 아무것도 살 수 없고 젊은 여자애들과 말 한마디 나눌 수 없으며 햄버거 하나 사 먹을 수 없는 나를 누구도 눈여겨보지 않지만 나도 이 도시 구성원의 일원이었다. 참 쓸쓸하게 들리는 말이지만 나는 이런 생각을 하며 도시를 돌아다녔다. 잊을 만하면 오와 마주치곤 했던 모텔 앞을 들르곤 하면서.

잊을 만하면 들르는 시간의 간격은 일정하지 않았다. 어떤 때는 새로 생긴 식당이나 장사가 잘 안 되는 식당을 발견하게 되면 그 동네에 오래 머물게 되었고 아무리 돌아다녀도 별 볼일이 없으면 좀 더 빨리 또 다른 동네로 이동하는 식이었다. 아무래도 새로 생긴 식당이나 장사가 안 되는 식당은 다음 날 재사용이 불가능한 음식을 버리는 일이 많았다. 거기에는 누렇게 변색된 밥이 섞여 있기도 했다.

어느 날 그런 식당을 만난 나는 사흘 동안 그 동네에 머물렀다.

적당하게 몸을 구겨 넣고 지낼 만한 곳을 찾아서 머무는 동안 나는 저녁마다 오를 떠올렸다. 그때마다 매번 다른 남자와 모텔을 나오는 오가 눈앞을 스쳐 갔다. 내 눈꺼풀 안에서 오는 내 옆에 눕기도 했다. 나는 오가 실제로 내 옆에 누워 있다면 더 바랄 게 없을 것 같았다. 하지만 오는 나를 한 번이라도 쳐다본 적조차 없었다. 수없이 많은 남자들과 모텔을 다니면서도 내가 껴입고 있는 남자들의 옷을 눈여겨보지도 않았다. 내가 보기에 오는 아무라도 안을 수 있는 여자 같았다. 문제는 오가 나를 '아무나'로 봐 주지 않는다는 데 있었다. 내가 아무리 오의 남자들이 버린 옷을 껴입어도 나는 오의 남자가 될 수 없었다. 아무리 눈을 감고 성기를 주물러도 절정은 멀기만 했다. 결국 나는 다음 날 해가 떠오르기도 전에 서둘러 오와 마주치곤 하는 모텔이 있는 동네로 돌아왔다.

이제 나를 감싸고 있던 피부 조직은 다 벗겨진 것 같았다. 내가 생각했던 것보다 오는 훨씬 더 대담했다. 그러고 보면 인간에게는 잔인한 면과 연약한 면이 공존하는 모양이었다. 어떤 환경과 상황이 주어지느냐에 따라 어떤 면모가 다른 면모를 누르고 도드라지는 듯했다. 여자가 어떻게 계획적이면서 의도적인 살인자가 될 수 있는지 오를 보니까 이제 알 것 같았다.

남자는 억지로 뿌듯하다는 표정을 숨기고 있었다. 엄격하고 냉정한 표정을 가면처럼 뒤집어쓰고 나를 내려다보는 그의 시선이 느껴졌다. 이제는 더 이상 아무것도 아니게 된 나는 아무도 보지 않았다. 다른 학생들도, 메스를 나눠 쥐고 있는 오도 보고 싶지 않았다. 때마침 누군가 내 눈꺼풀을 쓸어내렸고 실눈처럼 떠 있는 내 눈이 감겨졌다. 그 순간 누군가가 말했다.

"세상에! 눈이 가늘게 열려 있어서 여태 몰랐잖아."

나는 시각을 뺀 나머지 감각을 활짝 열었다. 그리고 나를 둘러싼 젊은 학생들이 내 오장을 들어내는 것을 느꼈다. 체력과 근력이 다 떨어져 버린, 쉰이 지나면서부터 주워 먹었던 음식들로 뼈를 지탱해 주고 근육과 피를 만들어 주던 장기들이 내 옆에 놓였다. 남자가 내 장기들을 이리저리 헤치며 명칭과 기능과 여러 장기들에서 생길 수 있는 병과 처치법 등을 설명했다. 반복되는 설명이라는 것은 학생들의 대답으로 알 수 있었다. 나는 학생들이 애써 진지하게 대답하려고 하는 것 같아서 지루했다.

남자의 다음 지시가 떨어지자마자 내 몸 여기저기서 살이 저며지기 시작했다. 평생 동안 내 뼈를 지탱해 주던 살들은 너무도 허무하게 내 몸에서 떨어져 나갔다. 위치마다 다른 근육의 명칭을 남자의 호명을 받은 학생들이 건조한 목소리로 말했다. 하지만 나는 내 살과 뼈에 젊은이들의 메스가 닿을 때마다 내 어머니와 아버지를 불렀다.

— 아, 나의 아버지.

— 아, 나의 어머니.

나에게 옹색하게 생긴 자신의 유전자를 그대로 물려준 나의 아버지, 나의 어머니. 이 도시의 일원으로 살도록 하긴 했으나 삶의 대열에 제대로 끼어 살 수 있는 몸을 주지 못한 내 부모님의 모습은 떠오르지 않았다. 점점 생각이라는 것도 멀어져 가고 있었다. 몸이 얼어버린 뒤부터 통각이 느껴지지 않는 몸 또한 '나'라는 명칭으로부터 거리가 멀어졌다. 그런 내 이름도 사라져갔다. 누구도 내 이름을 불러 주지 않았고 나도 나를 불러 보지 않아서 잊어버렸던 내 이름은 처음부터 이 세상에 존재하지 않았는지도 몰랐다. 그러니까 이제 나는 그냥 **뼈**였다.

오도 그냥 오였다. 오가 누구와 만나고 누구와 잠을 자든 오는 오이므로 나는 오를 볼 수 있는 한 보아야 했다. 내가 오를 볼 수 있는 곳은 아직까지도 재개발 계획 같은 건 생각하지도 않는 동네의 뒷골목이기 때문에 먹을 만한 음식은 잘 버리지 않는 그 식당 앞으로 가야 했다.

하지만 한동안 오는 보이지 않았다. 당연히 모텔 앞에 남자들의 옷도 버려지는 옷도 볼 수 없었다. 오도 보지 못하고 옷도 더 껴입지 못하고 식은 밥 한 덩이도 주워 먹지 못해서 골목을 돌아 나올 때마다 나는 으슬으슬 몸이 추웠다. 내가 걸치고 있는 옷들의 무게가 천근만근은 되는 것 같았다. 내가 껴입고 있는 옷이 내 몸집의 두 배는 될 것 같은데 왜 추운지 알 수 없었다. 나는 이런 생각을 하며 골목 입구의 은행나무 밑을 지났다. 발밑에서 마른 은행잎이 부서지는 소리가 났다. 그제야 비로소 가지가 헐렁해진 은행나무를 알아보았다. 가을이 가고 있었다.

아침에 눈을 뜨면서 내 앞에 하얗게 내린 서리를 본 기억이 났다. 해가 떠오르고 있었지만 뼈마디가 딱딱하게 굳어 있던 것도 생각났다. 얼마 안 있으면 눈이 내리겠구나. 내가 중얼거렸던 말도 떠올랐다. 그러니까 내가 추위를 느꼈던 건 순전히 오 때문이 아니었다. 겨울이 코앞에 다가와 있었고 저녁이기 때문이었다. 나는 사람들의 옷차림이 두꺼워졌는데도 그걸 깨닫지 못하고 있었다.

나는 어둠이 내리는 거리를 쉬지 않고 계속 걸었다. 길을 가면서 먹다 버린 핫도그와 봉지도 뜯지 않은 빵과 김밥을 주웠다. 토마토케첩과 머스터드소스가 발린 핫도그를 먹으며 언제나처럼 무작정 걸어가던 나는 헌옷 수거함 앞에서 이불 한 채를 발견했다. 아직 새것 같은 이불 가장자리에 작은 깃털이 삐져나와 있는 것으로 봐서 오리털 이불인 것 같았다. 간밤에 두껍게 껴입은 옷 때문에 몸을 오그릴 수도 없어서 옷 속으로 파고드는 한기를 견디며 겨우 잠들었던 게 생각났다. 나는 두 손으로 이불을 들었다. 어느 정도 무게가 있을 줄 알았는데 뜻밖에도 너무나 가벼웠다.

내가 막대에 이불을 메고 간 곳은 공원의 정자였다. 날이 추워지면서 공원을 찾는 사람이 드물었다. 드문드문 공원을 찾는 사람도 오후의 햇빛이 엷어지기 시작하면 서둘러 집으로 돌아갔다. 추위가 찾아오기 시작하는 공원의 정자는 사람들에게 자리를 비켜 줘야 할 일도 내가 자리를 피해야 할 일도 없었다. 나는 무엇보다 다리 밑이나 육교 아래처럼 시멘트 바닥의 냉기가 올라오지 않는 정자의 마루가 마음에 들었다. 서리나 눈이 내려도 문제가 없을 것 같았다. 문제가 되는 것은 바람이었다. 공원의 위치가 도시에서 높은 곳이다.

다음 날부터 나는 이불을 찾아다녔다. 그동안 내가 다녔던 동네의 불법 쓰레기를 버리기 좋은 으슥한 곳이나 헌옷 수거함이 있는 곳을 하나도 빼놓지 않았다. 덕분에 나는 첫눈이 내리기 전까지 세 개의 이불을 모을 수 있었다. 모두 오리털 이불이었다. 사람들은 무슨 이불을 다시 마련했는지 오리털 이불을 버리고 있었다.

네 개째 이불을 주운 날, 강추위가 몰아친 날 저녁 나는 오와 마주치곤 했던 골목을 들렀다. 마침 그 동네를 지나는 길이었고 저녁 무렵이어서 배도 고팠으므로 혹시 하는 마음으로 식은 밥 덩어리를 주운 적 있는 식당 앞을 찾아간 것이었다. 그런데 거기에 거짓말처럼 오가 있었다. 오뿐만이 아니라 브라운 컬러의 점퍼를 버렸던 남자도 함께 있었다. 모텔 앞에 함께 서 있는 그들을 발견한 나는 하마터면 왜 이렇게 오랜만이야? 하고 물을 뻔했다. 하지만 막 남자와 골목을 들어온 것 같은 오는 나를 쳐다보지도 않았다. 나는 식당 앞에 서서 오가 남자와 모텔에 들어갔다 나오는 것을 지켜보았다. 시은 밥 덩어리와 시어빠진 김치를 넣은 부투이에서 김치 국물이 떨어졌다. 오와 남자는 들어간 지 삼십 분도 되지 않아서 모텔을 나왔다. 모텔에서 나올 때도 오는 나에게 눈길 한 번 주지 않았다. 나는 그런 오가 참을 수 없었다. 분명 오의 입장에서는 주제도 모르는 짓이겠지만 내게 다른 것은 아무것도 생각나지 않았다.

나는 오와 남자의 뒤를 따라갔다. 오와 남자가 내 발자국 소리에 둔해지면 이 한 쌍의 남녀를 메고 있던 막대로 후려치고 싶었다. 그러나 오와 남자를 후려칠 기회는 좀처럼 오지 않았다. 유난히 골목을 들어오고 나가는 연인들이 많은 저녁이었다. 하는 수 없이 나는 식당 앞에 내려놓았던 이불을 가지고 공원의 정자로 돌아왔다.

정자에서 나는 두 개의 이불을 요처럼 깔고 두 개의 이불을 덮기로 했다. 메고 다니던 보통이는 머리를 둘 자리에 놓았다. 정자 반 칸이 내 방이 되었다. 조명처럼 빛나는 도시의 불빛을 볼 수 있다는 점에서는 내 방이 마음에 들었지만 타워 쪽에서 차디찬 밤바람이 내려온다는 점에서는 짜증이 났다. 하지만 내게는 갈 수 있는 적당한 곳이 하나도 없었다. 기차역의 역사나 지하철 역사는 나보다 힘세고 덩치 큰 놈들이 제 집처럼 버티고 있었다. 내가 갈 수 있는 곳은 천변의 다리 밑이나 짓다 방치해 둔 건물뿐이었다. 그런 곳은 정자와 다를 게 하나도 없었다. 그래도 정자는 바닥에서 올라오는 냉기가 없었다.

발아래 찬란한 도시의 불빛을 바라보며 나는 오와 마주쳤던 식당 앞에서 주워 온 식은 밥을 먹었다. 시어 빠진 김치도 얹었다. 시어 빠진 김치는 식당 앞에서 처음으로 주운 반찬이었다. 빈속에 찬밥과 시어 빠진 김치가 들어가자 몸이 더 떨렸다. 나는 오와 마주쳤던 동네를 내려다보면서 찬밥을 꾸역꾸역 먹었다. 오는 남자와 함께 따뜻한 식당에서 밥을 먹을 저녁시간이었다. 문득 오가 또 보고 싶다는 생각이 들었다. 하지만 오는 모텔 앞을 떠난 지 오래였다. 그 생각이 떠오르자 찬밥을 먹은 속이 헛헛했다. 따뜻한 국물이 마시고 싶었다. 그러나 숱하게 받았던 냉대와 멸시가 내 발목을 잡았다. 나는 이불을 둘러싸고 몸을 떨었다. 생각보다 오리털 이불은 따뜻한 편이 아니었다. 너무 가볍고 들떠서 몸을 차분하게 감싸 주지 못했다. 이불 천 속에 들어 있는 엉성한 오리털 사이로 대기의 냉기가 그대로 통과되는 느낌이었다. 오의 남자들 옷을 여러 개 겹쳐 입었는데도 몸이 사시나무처럼 떨렸다.

좀처럼 잠이 오지 않았다. 밤이 깊어지면서 공원의 냉기가 마른 뼛속까지 파고들었다. 여름에도 땀 한 방울 흘리지 않는 나는 셀 수 없이 많은 옷을 껴입고도 이불을 두 개나 뒤집어쓴 채 벌벌 떨었다. 하지만 오를 또 보려면 잠을 좀 자야 했다. 멀찍이 쳐다보는 게 전부지만 어쨌든 잠을 자지 않으면 오를 제대로 보기 힘들 터였다. 이번에는 꼭 성공해야지. 오가 쓰러지면 꼭 안아 보고 말겠어. 나는 늘 메고 다니던 막대를 확인하고 자리에 누웠다. 앉아 있을 때보다 몸이 더 떨렸다. 잠을 잘 수 없을 것 같았지만 억지로 눈을 감았다. 안간힘을 다해 옆으로 이불을 감고 누워서 오를 떠올렸다. 남자와 다투던 오, 또 다른 남자들과 데면데면하게 모텔을 나오던 오, 나를 한 번도 쳐다보지 않는 오가 번갈아 나타났다.

어느 사이 나는 잠이 들었다. 자면서도 몸을 떨었고 내 얼굴로 드문드문 날아오는 눈발을 느꼈고 그때마다 어렴풋이 잠이 깼다가 또다시 들기를 반복했다. 그러다 나는 아주 깊은 잠에 빠져들고 말았다. 그리고 아침이 되어서도 잠에서 깨어나지 못했다.

누군가 놀라서 외치는 소리가 들렸다.

"여기 사람이 죽었어!"

"옷을 많이 껴입고 다니던 거지야."

"이렇게 추운데 어떻게 이런 데서 잠을 잘 생각을 했지?"

"그러게 말이야."

"마루가 있으니까 다리 밑보다는 낫다고 생각한 모양이지?"

나를 발견한 사람은 두 사람이었다. 무슨 일로 갑작스럽게 눈이 내리고 맹추위가 몰아친 날 공원에 왔다가 나를 알아본 두 사람은 곧바로 경찰에 신고했다. 그제야 나는 내가 잠을 자고 있는 것이 아니라는 것을 알아차렸다.

'아, 내가 죽었구나.'

내가 중얼거린 혼잣말은 두 사람 귀에 들어가지 못했다. 두 사람이 들은 것은 경찰이 타고 온 자동차와 그 뒤를 따라온 119차량의 엔진 소리였다. 빨간 119차에 태워진 나는 어딘가로 실려 갔다. 내가 내려진 곳이 외관이 단조롭고 페인트 색깔도 우중충한 건물 지하였다. 그곳은 행려병자병동이라는 곳이었는데 내가 입고 있던 옷은 여기서 다 벗겨졌다. 사체 보관함에 들어가지 않는 내 몸의 부피 때문이 아니더라도 옷은 벗겨야 했다. 그런데 내 옷을 벗길 때 나도 참기 어려운 악취가 났다. 차곡차곡 쟁여진 내 체취가 오래오래 썩은 냄새였다. 사람들은 옷을 벗기면서 욕을 했다. 할 수밖에 없는 욕이었지만 나는 허무했고 내 몸이 허전했다. 그때 내 옷을 벗겨 낸 사람들이 놀라는 얼굴을 했다.

"뭐야? 이 사람이 이렇게 작았어?"

"사람이 크다 말았어. 피부만 아니면 어린애라고 해도 믿겠는데."
"게다가 꼭 미라 같잖아."
"옷을 이렇게 많이 껴입고 다녀서 작다는 걸 느낄 수 없었던 모양이야."

내 옷을 벗긴 사람들도 나를 지나친 적이 있었던 모양이었다. 거리에서 천천히 걸어 다니는 나를 스쳐 간 적이 있는 사람들. 내가 겹겹이 껴입고 다닌 옷을 벗겨 준 사람들. 그들은 나를 알코올로 닦아서 관처럼 생긴 냉장고에 넣었다. 그리고 얼마 지나지 않아 나는 불빛이 훨씬 더 밝은 이곳으로 옮겨졌고 사람들은 이상한 냄새가 나는 투명한 액체에 나를 담갔다.

드디어 나는 여러 학생들에게 골고루 나누어졌다. 어떤 학생은 내 다리뼈를 앞에 놓고 있었고 또 어떤 학생은 등뼈를 들여다보고 있었으며 또 다른 어떤 학생은 내 골반을 보고 있었다. 예상한 일이긴 했지만 현실은 예상보다 섬뜩한 광경이었다.

그런데 오는 특이하게도 내 머리를 제 앞으로 끌어당겼다. 이상한 냄새가 코를 찌르는 투명한 액체도 가져왔다. 나는 투명한 액체의 용도가 짐작이 갔지만 오는 이해되지 않았다. 한 번도 나를 쳐다본 적이 없는 오가 선택한 것이 왜 하필 내 두개골인지. 하지만 한 가지는 알 수 있었다. 앞으로 오는 나를 보고 싶지 않고 보지 않으려 해도 볼 수밖에 없다는 사실을. 예전에는 그게 그렇게 바라던 일이었는데 그다지 기쁘지 않았다. 눈과 코와 귀와 입이 사라진 내가 기쁠 일이 없었다. 그것으로 끝이었다. 사실 나는 사람들이 공원에서 나를 발견했을 때 끝이 났다. 이제는 오를 기억하고 있는 내 뇌가 투명한 액체 속에 잠길 일만 남았다.

 마지막으로 나는 학생들 앞에 나누어져 있는 나를 헤아려 보았다. 앞으로 따뜻한 빛과 바람을 받아 서서히 마모되어 갈 나는 여럿이었다.

* 이 작품은 토지문화관 창작실에서 집필했다.

다섯 손가락 사이로
지나는 바람

설마 했던 일은 사실로 증명되었다. 아무리 봐도 임신 테스트기는 두 줄의 빨간색이 선명했다. 나는 화장실 변기 앞에 그대로 얼어붙었다. 머릿속이 하얗게 비었다. 눈앞에서는 아지랑이가 피어나는 것 같았다. 두 줄의 빨간색은 보고 있으면서도 믿고 싶지 않은 현실이었다.
　수영이 나를 부르는 소리가 들렸다. 나는 화장실 문을 바라보았다. 수영답지 않다는 생각이 들었다. 평소의 수영 같으면 나를 부르지 않고 화장실로 왔을 터였다. 아마도……. 여기까지 중얼거린 나는 깊은 숨을 내쉬었다. 나머지 혼잣말은 거울 속의 나와 눈을 맞추는 순간 튀어나왔다. 마치 참았던 숨을 내뱉는 것처럼. 수영은 내가 가서 보여 줄 때까지 기다리는 모양이다. 궁금하기는 하면서도 참을성 있게……. 나는 수영이 올 때까지 화장실에서 기다리고 싶었지만 더 이상은 기다릴 수 없었다. 그런 쓸데없는 오기는 수영에게

다섯 손가락 사이로 지나는 바람

통하지 않는다는 것을 누구보다 내가 더 잘 알았다.

나는 테스트기를 들고 수영에게 갔다. 수영은 아이들에게 갈아입힐 옷을 갖다놓고 거실 바닥에 앉아 있었다. 준이와 민이는 놀이에 빠져 그런 수영을 돌아보지도 않았다. 이제 수영에게 부탁했던 일은 내가 해야 될 것 같았다. 수영은 내가 바쁘거나 미처 어떤 일을 할 수 없을 때 세 번쯤 부탁해야 겨우 한 번 부탁을 들어주는 사람이었다. 아이들에게 옷을 갈아입히는 것도 내가 화장실에 가면서 네 번쯤 말해서 그나마 옷이라도 갖다 놓은 것이었다. 그런데 빨간색이 두 줄이라니. 어쩌라고. 하지만 나는 수영에게 잠자코 테스트기를 내밀었다. 수영은 선명한 두 줄의 빨간색을 읽고 또 읽었다. 그리고 고개를 돌려 나를 바라보았다.

"우리 정말 대단한 것 같다. 그렇게 생각하지 않아?"

수영의 말을 듣고 나자 우리가 진짜 대단한 사람들이라는 생각이 들긴 했다. 어떤 사람은 인공수정을 한다, 불임클리닉을 다닌다, 난리들이 아닌데 수영과 나는 민이가 두 돌을 넘기기 무섭게 테스트기에 두 개의 빨간 줄을 만들었다. 우리에게 또 하나의 아이가 찾아오게 했다. 나는 다시 테스트기를 들여다보았다.

"우리가 좀 대단하긴 하지."

수영이 한쪽 팔로 내 장딴지를 안았다.

"근데, 씨가 좋은 거냐? 밭이 좋은 거냐?"

뜬금없는 농담이었지만 할 수 없는 농담도 아니었다. 민이를 낳고 난 뒤 나는 셋째에 대해서는 고개를 저어 왔다. 그래서 셋째가 생기지 않도록 꽤나 조심해왔다. 그런 내가 테스트기에 두 개의 빨간 줄이 생긴 것을 보게 됐다는 것은 주위 사람들을 놀라게 하고도 남을 일이었다. 나는 수영을 보고 무뚝뚝하게 대답했다.

"둘 다."

수영은 나를 보고 픽- 하고 웃음을 터뜨렸다. 그러니까……. 나를 보고 웃는 수영을 보고 난 뒤 나는 잠깐 이런 생각을 했다. 그러니까 난 정말 조심했는데 말이야. 그런데 우리에게는 또 하나의 아이가 생겨 버렸다.

피임약은 그다지 믿을 만한 것이 아니었다. 제약회사 측의 항의를 받을 말이지만 나는 피임약을 의심할 수밖에 없었다. 내가 배란일을 잘못 계산했을 리 만무했다. 민이를 낳은 뒤부터 누구보다 배란일에 꼼꼼하게 대비했다. 수영에게도 술을 많이 마시지 말 것을 부탁했고 어쩔 수 없을 땐 피임약을 먹었다.

결혼할 때 나는 아이에 대한 계획을 하지 않았다. 그냥 둘 정도면 괜찮겠지 하고 생각했다. 혼자는 외로울 테고 셋은 수영과 내가 힘들 테니까 둘이면 적당할 것 같았다. 하지만 수영은 달랐다. 혼자 자란 수영은 식구들이 북적북적한 것을 좋아했다. 명절 때나 엄마 아버지 생신 때면 언제나 수영이 먼저 앞장섰다. 언니와 동생들도 수영을 기다렸다. 그때 이미 짐작은 했다. 이 남자가 아이를 한 명이나 두 명에서 그치지 않겠구나 생각했다. 내 예상은 틀리지 않았다. 준이를 낳고 난 뒤 수영이 말했다.

"우리, 딱 네 명만 더 낳자."

너무 놀란 나머지 나는 한동안 입을 다물지 못했다.

"뭐, 뭐라고? 나더러 아이를 다섯이나 낳으라고? 그건 원시인이나 하는 짓 아니야?"

그래도 나는 수영이 한 번 해 본 말인 줄 알았다. 하지만 민이가 첫 돌이 지나자 수영은 세 번째 아이를 말했다. 나는 내가 잘못 들은 것은 아닌지 다시 물었다. 수영의 대답은 똑같았다. 수영이 너무도 진심을 담아서 대답했기 때문에 나는 더 이상 아무 말도 하지 못했다. 솔직하게 말하면 기가 막혔다. 수영은 아이를 좋아하지만 기저귀 하나 갈아 주지 않는 사람이었다. 나는 임신한 순간부터 무기력해져서 아무것도 못 하는데 쓰레기 한 번 버릴 줄 모르고 빨래 한 번 해 주지 않았다. 집안일은 물론이고 아이를 먹이고 입히고 씻기는 일도 모두 내가 해야 했다. 거기다가 아이는 뻑-하면 울어댔다. 똥을 싸도 울었고 오줌을 싸도 울어 댔으며 배가 고파도 울었다. 아이에게는 울음이 의사표현의 전부였다. 그런데 이게 전부가 아니었다. 정말 중요한 건 아기의 밤낮이 바뀐다는 점이었다. 집안일과 육아에 지친 나도 쉬고 싶은 밤. 아이는 울고 또 울었다. 배가 고파서 울고 기저귀가 젖어서 울고 안아 주지 않아서 울어 댔다. 아이가 우는 밤마다 나는 혼자 졸린 눈을 비비면서 아이에게 우유를 먹이고 기저귀를 갈고 아이를 안아 주어야 했다. 아이의 밤낮이 정상으로 돌아올 때까지 나는 정말 힘들어했다. 그 때문에 정상으로 돌아온 아이의 변화에 누구보다 감격했다. 아이가 뒤집을 때. 기어 다니기 시작할 때. 혼자 일어서고 앉을 때. 걸음마를 처음 뗐을 때. 그때마다 나는 환호를 질렀다.

아이가 주는 기쁨은 컸다. 커 갈수록 수영과 나를 보고 방긋방긋 터뜨리는 웃음과 곧잘 부리는 재롱과 어리광은 밤잠을 자지 못한 날을 상쇄하고도 남았다. 어느 날 걸음마를 하다 넘어진 민이가 다시 일어서면서 웃는 것을 본 엄마가 말했다.

"사람은 평생 할 효도를 어렸을 때 다 하는 것 같다."

엄마의 말에는 나는 고개를 끄떡였다. 하지만 세 번째 아이는 도저히 생각할 수 없었다. 셋째 볼 생각은 없느냐는 시어머니나 엄마의 물음에 나는 언제나 애매한 웃음으로 대답했다. 하지만 수영은 당연히 봐야 하지 않겠냐고 대답했다. 그때 엄마는 말없이 고개를 끄떡이셨고 시어머니는 활짝 웃으셨다. 엄마는 나를 염려하셨고 시어머니는 자손이 번성하게 된 것을 기뻐하신 것이었다. 나는 그런 두 분 앞에서 더 이상은 아무 말도 하지 않았다. 그리고 배란일을 피하거나 피임약을 복용하는 것으로 셋째 아이가 우리에게 오는 것을 막았다. 그렇게 나는 준이와 민이 두 아이만 키우게 될 줄 알았다.

나는 약과 내 자신을 너무 믿었다. 아니면 수영에 대해서 조금 부주의했던 게 틀림없었다. 지난달, 그날, 나는 감정에 휩쓸려 무방비 상태로 내가 혼자 세운 규칙들을 잊어버렸다. 두 줄의 빨간색을 확인한 다음 날 달려간 산부인과 의원의 여의사가 그 사실을 입증해 주었다. 동네 병원을 다녀온 뒤 나는 마음이 심란했다. 수영은 내 마음 같은 건 알려고 하지 않았다. 드디어 우리에게 셋째 아이가 생겼어. 나는 그런 수영을 발로 걷어차고 싶었다.

수영이 출근하고 준과 민이는 유치원과 어린이집에서 지내는 시간에 나는 내비게이션 틀에 작고 까만 반창고처럼 생긴 스티커를 붙이다 말고 미라에게 전화했다.

"나, 걸렸다."

대뜸 내뱉는 내 말에 미라가 어리둥절해했다.

"걸려? 뭐에? 말하는 투로 봐서 감기는……, 아……! 너-? 설마?"

내 한숨이 곧장 오백 미터 거리에 있는 미라에게 날아갔다.

"빨간색 두 줄이 보통 선명한 게 아니야. 의사가 삼 주 됐대."

놀란 미라의 목소리가 날카롭게 고막을 때렸다.

"진짜?"

나는 귀에서 전화기를 뗐다 다시 대며 대답했다.

"어."

이번에는 미라가 한숨을 쉬었다.

"누구는 아이를 가지려고 해도 가질 수 없고, 누구는 아이를 피하려고 하는데도 들어서고……. 뭔 세상이 이렇게 불공평하냐?"

나도 미라를 따라서 한숨을 토했다.

"그러게. 누가 아니래."

할 수만 있다면 이제 막 내게 온 아이를 미라에게 주고 싶었다. 미라는 나보다 이 년 빨리 결혼했지만 아직까지 아이가 없다. 미라의 남편이 무정자증이라고 했다. 그 사실을 미라는 얼마 전에 알았다. 양가의 성화에 등 떠밀려 간 병원에서 그렇게 말했다. 미라가 방법을 물었다. 의사는 고개를 저었다. 정계정맥류를 제외하고는 일반적으로 교정이 쉽지 않다 했다. 인공수정도 할 수 없는 것이 미라 부부의 상황이었다.

  병원에 다녀온 날 미라가 나를 불러냈다. 미라가 나오라고 한 곳은 투다리였다. 소주가 아니라서 나는 저녁을 먹지 않고 약속시간에 맞춰 나갔다. 준과 민이가 일찍 퇴근한 수영과 함께 잘 다녀오라고 손을 흔들었다. 저녁 일곱 시였다. 미라는 벌써 나와서 맥주잔을 절반 정도 비웠다. 안주는 마른 오징어였다. 나는 오징어를 마요네즈에 찍어서 입에 넣던 미라 앞에 앉았다. 미라는 남은 술을 마저 비우고 내 몫의 맥주까지 주문했다. 그리고 내 눈을 들여다보며 말했다.

  "찬희야. 나 여태 씨 없는 수박하고 살았어."

  한 손으로 턱을 받치고 나를 바라보는 미라의 표정이 우울해 보였다. 씨 없는 수박이라니. 미라가 고른 어휘도 그랬다. 파격적인 어휘 선택 때문에 나는 잠시 할 말을 잃었다. 며칠 전부터 병원에 다녀와야 할 것 같다는 말은 들었지만 씨 없는 수박이라는 말은 듣게 될 줄 몰랐기 때문이었다. 나는 아무 말 없이 미라를 바라보았다. 여전히 무슨 말을 해야 할지는 떠오르지 않았다. 때마침 미라가 주문한 맥주를 오십 대 여주인이 들고 왔다. 나는 맥주를 마시고 나서야 미라에게 뭔가 물어볼 수 있었다.

  "인공수정도 안 된대?"

"무정자증이라니까."

"원인이 뭐래?"

"줄담배에 날마다 마시는 소주 두세 병. 그리고 사우나. 그 사람은 사우나를 정말 좋아해. 나는 세상에서 사우나를 그렇게 좋아하는 사람, 한 번도 본 적이 없어."

빈속에 마신 맥주는 몸에 약간의 반란을 일으켰다. 술을 못 마시는 편이 아닌데도 띵— 하니 머리가 어지러웠다. 나는 주인을 불러서 통마늘모래집볶음과 김치우동을 주문했다. 내가 맥주에 통마늘모래집볶음과 김치우동을 먹는 동안 미라는 맥주만 마셨다. 맥주 마시기를 멈추고 쉬는 사이에는 한숨을 쉬었다. 그럴 때 미라는 칠십을 넘긴 노인 같았다.

"양가 어른들한테 말씀을 드려야겠는데 도저히 입이 떨어지지 않아. 그 사람 얼굴 보는 것도 쉽지 않고. 문제는 그 사람에게 있는데 왜 내가 미안해지냐?"

나는 모래집을 씹으며 미라의 눈을 들여다보았다. 미라의 눈 속으로 튼튼한 어깨와 볼록한 배를 가진 미라의 남편이 떠올랐다. 세계 인구는 칠십육억 명. 대한민국의 인구는 오천백만 명. 오천백만 명 가운데서 남자가 절반이라는 가정 아래 미라가 대한민국 이천오백만 명의 남자 가운데서 유일하게 사랑한 남자가 미라의 남편이었다. 그런 남편의 아이를 가질 수 없어서 미라는 그날 밤 맥주를 좀 많이 마셨다.

무슨 세상이 이렇게 불공평하냐는 미라의 말에 늦봄의 자정 무렵 비틀거리며 집에 들어가던 미라의 모습이 떠올랐다. 미라는 비틀거리면서도 아파트에 들어설 때까지 뒤도 돌아보지 않은 채 나에게 손을 흔들었다. 그리고 다음날 저녁에 어른들을 찾아뵙고 사실을 알려 드렸다고 했다. 하지만 나는 시댁이나 친정에 알리고 싶지 않았다. 일단 양가에 우리 아이는 오지 않은 아이로 하고 싶었다. 하루가 지나고 또 하루가 지나면 어떻게 생각이 바뀔지 모르겠지만 양가 어른들에게 셋째 아이는 알리고 싶지 않았다. 내게는 생각할 게 많았다. 무엇보다 다섯 살과 세 살 아이를 키우면서 무기력을 동반하는 입덧과 밤낮없이 쏟아지는 잠을 견뎌 낼 재간이 없을 것 같았다. 첫 돌까지 키우는 건 더 까마득했다. 이런 고통을 대신해 주지도 못하면서 나에게 세 번째 아이를 낳으라고 하는 건 말이 안 된다. 병원에 다녀온 다음 날부터 나는 그 생각만 했다. 잠 속에서도 그 생각뿐이었다.

  미라가 나를 따라 한숨을 쉬었다. 그리고 잠깐의 침묵을 깨고 이렇게 물었다.

  "그래서, 이제 어쩔 건데?"

  나도 잠깐 침묵했다. 그제야 무엇을 어떻게 해야 할지 생각해 보지 않았다는 것을 깨달았다. 나는 잠깐 침묵하는 동안 머릿속의 생각을 정리했다.

  정부의 출산 정책에 내 책임은 다했다. 대한민국의 모든 부부가 두 명씩만 낳아도 인구가 줄어들 걱정은 안 해도 될 것이다. 출산율에 구멍이 나는 것은 예측 가능한 변수 때문이다. 유산과 불임과 난

임과 독신주의 등등. 이런 변수들 때문에 정부는 세 번째 아이에게도 대학 등록금까지 지원한다. 하지만 정부가 해줄 수 있는 건 이것뿐이다. 입덧과 무기력한 잠과 아이가 태어난 뒤 매일 설치는 밤잠 같은 것은 대신해주지 못한다. 아이가 아플 때 울어 주지도 못하고 밥을 잘 먹지 않는 아이에게 쫓아다니며 밥을 먹여 주지도 못하면서 이렇게 지원해 줄 테니 아이만 많이 낳으라고 한다. 내 새끼니까 당연한 내 몫의 일이긴 하지만 아무 두려움 없이 몇 번씩 반복할 수 없는 일인데도 말이다. 꼼짝도 못하고 집 안에 갇혀 아이만 키울 때의 고독과 우울함에 대해서도 정부는 모른다. 아니, 알려고도 하지 않는다. 나는 준이와 민이를 키우는 동안 혼자 카페에서 커피를 마시고 시네마에서 영화를 보는 하루 동안의 휴가가 말도 못하게 그리웠다. 이런 것을 해줄 수 있다면 모르겠다. 아니다. 아이가 세 살이 될 때까지 키워서 돌려준다면 또 모르겠다. 이것이 미라의 물음에 대해 정리한 내 대답이었다. 이렇게 말하고 나자 다섯 손가락 사이로 바람이 빠져나가는 것 같았다.

　하지만 이건 어디까지나 출산정책에 대한 내 생각이 그렇다는 거였다. 여전히 나는 세 번째 찾아온 아이에 대해 어떤 결정도 내리지 못하고 있었다.

　준과 민이가 기침을 했다. 기침을 하고 난 뒤에는 노란 가래를 뱉었으며 밥을 먹을 때는 구역질도 했다. 기침을 하는 횟수는 생각보다 잦았고 한 번 기침을 하면 이삼 분 동안 오래 했다. 나는 이삼 분이 생각보다 긴 시간이라는 것을 아이들이 기침할 때 알았다.

그동안 아이들에게 제대로 신경 쓰지 못한 나 때문이었다. 밥은 계란 프라이에 조미된 김이 전부였고 그것도 먹지 않으면 치워 버렸다. 아이들이 자면서 걷어차는 이불도 덮어 주지 못했다. 나는 시도 때도 없이 잠이 왔고 손가락 하나도 내 맘대로 까딱하기 힘들었다. 아이들은 며칠 동안 그렇게 내게서 방치되었다. 아무리 그렇다고 지독한 기침감기까지 들 줄은 몰랐다.

나는 유치원과 어린이집 선생님에게 전화를 한 뒤 아이들을 데리고 병원에 갔다. 결혼을 하지 않고 아이를 낳지 않아서 인구 정책이 비상이라는데 아동병원은 아픈 어린아이들로 발 디딜 틈이 없었다. 여섯 개의 진료실마다 전광판에 대기 환자들이 열 명도 넘었다. 나는 준과 민이를 데리고 제2진료실 앞에서 기다렸는데 병원에 간 지 거의 한 시간 만에 마주한 오십 대의 비쩍 마른 여의사는 폐렴이라고 진단했다.

"며칠 입원시키시는 게 좋겠어요."

접수 데스크에서는 준과 민이의 입원실을 5층 2호실로 정해 주었다. 티브이와 소형 냉장고와 수납장과 두 아이를 겨우 끼고 잘 수 있는 침대 하나와 화장실을 갖추고 있는 방에 들어서자마자 나는 바닥에 주저앉고 말았다. 병원에 도착해서 접수하고 아이들을 진찰받게 하고 주사바늘이 무서워 통곡하는 두 아이의 손등에 정맥 주사 바늘이 꽂히는 동안 아이들을 붙들고 수액을 맞고 있는 아이들을 데리고 입원실까지 오는 동안 내 체력이 바닥나 버린 것 같았다.

바닥에 주저앉은 나는 두 손을 늘어뜨린 채 눈을 감았다. 그런데 잠시 쉴 틈도 없이 준과 민이가 번갈아 가며 기침을 했다. 나는 눈을 뜨고 아이들을 안았다. 그때 이십 대 중반의 남자 간호사가 와서 준과 민이의 체온을 쟀다. 시간 간격을 두고 들어온 여자 간호사는 수액에 항생제를 투여했다. 그제야 나는 수영에게 준과 민이가 입원했음을 알렸다.

"일주일 정도 입원시키래. 퇴근할 때 아이들 옷이랑 세면도구를 챙겨다 줘. 내 옷이랑 당신 옷도 챙겨 오고. 아이들 데리고 또 집에 갔다 올 기운이 없어."

핸드폰 너머에서 수영이 거칠게 한숨을 쉬었다.

"또 왜 애들이 감기에 걸려? 애들을 어떻게 돌본 거야, 대체? 집에서 하는 일도 별로 없으면서."

병원에 다녀온 뒤부터 세 번째 아이도 딸이면 좋겠다고 입버릇처럼 말하던 수영은 버럭 화부터 냈다. 갑자기 잠도 많아지고 무기력해진 내가 어떻게 아이들을 데리고 병원에 왔는지는 묻지도 않았다. 나를 별로 하는 일도 없는데 아이들도 제대로 돌보지 못하는 여자로 만들었다. 이런 남자가 다섯 아이의 아버지가 되고 싶어 하고 있었다. 아이 하나가 그냥 생기고 커져서 세상에 나오는 것인 줄 알고 있는 모양이었다. 한 인간이 어머니의 피와 살과 뼈를 나누어 가지고 만들어진다는 걸 모르는 남자였다. 하지만 아이를 많이 낳고 싶어 하는 수영을 이해 못하는 것도 아니었다. 형제 없이 혼자 자란 수영은 늘 아이들이 북적북적한 집을 부러워했다. 그래서 아이는 많앉으면 하면서 아이들 한 번 씻겨 주거나 양치 한 번 시켜 주지 않은 주제에 아이들이 감기에 걸렸다고 화를 내는 수영이 나는 기가 막혔다. 내 목소리는 살얼음이 내려앉은 것처럼 금방 싸늘해졌다.

"설마 내가 어떤 상태인지 알면서도 그런 말을 하는 건 아니겠지?"

"알아. 아무리 그런다고 애들을 감기에 걸리게 하냐?"

그리고 애들이 얼만큼 아픈지 입원실이 몇 호인지 묻지도 않은 채 수영은 전화를 끊었다. 두 아이가 아픈데도 아무것도 할 수 없을 정도로 잠이 쏟아지고 그래서 나는 무기력한데 수영은 무턱대고 화만 냈다. 수영이 원래 다른 사람에게 책임을 잘 떠넘기는 사람이라는 건 잘 알고 있었지만 그래도 이건 너무한다는 생각이 들었다. 나는 치밀어 오르는 화를 어떻게 할 수 없어서 벽에 등을 기대고 눈을 감았다. 준이와 민이가 다가와 내 무릎에 엎드렸다. 나는 여전히 콜록거리는 준이와 민이를 침대로 데려가 함께 누웠다. 침대에 눕자마자 기다렸다는 듯이 잠이 다시 쏟아지기 시작했다. 두 팔과 두 다리가 저절로 축- 늘어졌다. 몸은 깊이를 알 수 없는 바닥으로 가라앉는 것 같았다. 준과 민이의 기침 소리가 아득하게 들렸다. 나는 담요를 찾아 준과 민이에게 덮어 준 뒤 수액 주삿바늘이 꽂혀 있는 아이들의 손을 담요 밖으로 가지런히 내놓았다.

점점 준과 민이의 고른 숨소리가 점점 멀어졌다. 가끔 기침 소리도 멀게 들렸다. 아이들이 기침을 할 때마다 아이들을 힘주어 안아 준 뒤 담요 끝을 올려 주었다. 나는 완전히 잠들기 전까지 아이들의 담요를 계속해서 다시 덮어 주었다. 수영의 말이 끊임없이 떠올랐기 때문이었다.

내가 잠에서 깼을 때는 저녁이었다. 불이 켜져 있었고 수영이 벽에 기댄 채 핸드폰을 들여다보고 있었다. 나는 잠시 동안 누워 있는 채로 수영을 바라보았다. 수영의 얼굴은 까칠해 보였다. 하루 종일 노동을 한 피로가 잔뜩 쌓여 있는 얼굴이었다. 그런 수영의 오른손 엄지손가락이 계속 화면을 밀어 올리고 있었고 내 겨드랑이 아래서 준과 민이의 숨소리가 고르게 들렸다. 나는 준과 민이를 내게서 떼어 눕히고 침대에서 내려왔다. 준과 민이는 눈을 떴다 다시 감고 자던 잠을 계속 잤다. 저녁이 나온 지도 몰랐는데 조그만 탁자에 식판이 놓여 있는 게 보였다. 식판 옆에는 두 개의 종이가방도 있었다. 나는 침대에 기대앉은 채 그것들을 멍하니 바라보기만 했다. 이상하게 잠을 자기 전보다 더 기운이 없고 머리가 몽롱했다. 수영이 핸드폰에 눈을 둔 채 퉁명스럽게 말했다.

"뭘 좀 먹지. 죽하고 만두 사 왔는데."

나는 또다시 화가 났다. 저것도 사과라고······. 수영은 미안해할 일을 생각도 하지 않고 저지른 뒤 사과도 제대로 하지 못하는 머저리였다. 나는 눈으로 핸드폰을 찾으며 고개를 저었다.

"좀 이따가······."

핸드폰은 탁자 위 식판 옆에 있었다. 나는 핸드폰을 가져다 열어 보았다. 부재 중 전화가 다섯 통이나 와 있었다. 문자는 두 통이었다. 미라의 전화가 두 통, 엄마의 전화가 한 통 왔고 나머지 두

통은 스팸이었다. 두 사람은 다시 문자로 왜 통화가 되지 않는지를 물었다.

-뭔 일 있냐? 왜 통화가 안 돼? 김치 담가놨구먼.

-왜 전화를 안 받는 거야? 밥하기 귀찮아서 나가서 함께 저녁 먹고 싶었는데.

나는 엄마와 미라에게 전화를 해 줬다.

"아이들 기침이 심하고 열이 나서 입원했어. 폐렴이래."

전화를 하는 것도 나에게는 귀찮은 일이었다. 엄마가 귀신같이 목소리만 듣고도 내 상태를 알아챘다.

"너, 왜 목소리에 힘이 없어. 김 서방이랑 싸운 것도 아니고 아픈 것 같지도 않은데? 일이 있어도 큰일이 있는 것 같은데, 대체 무슨 일이냐?"

나는 애써 목소리에 힘을 실었다.

"일은 무슨 일? 아파서 징징대는 애들하고 종일 씨름했더니 기운이 하나도 없어서 그래."

더 이상 엄마는 꼬치꼬치 캐묻지 않았다. 애들 퇴원하면 김치나 갖다 먹으라는 말을 끝으로 엄마는 통화를 마쳤다. 미라는 애들이 폐렴에 걸렸을 정도면 어지간히 힘들었던 모양이라며 도울 일이 있으면 말하라고 하고 전화를 끊었다. 그때까지도 준과 민이는 깨어나지 않았다. 준과 민이야말로 어지간히 피곤했던 모양이었다.

서로 눈치를 보며 핸드폰만 들여다볼 수도 없고 마침 배도 고팠다. 나는 종이가방에서 만두를 꺼냈다. 김치만두였다. 만두를 입에 넣고 씹자 밀가루 냄새가 났다. 속이 메스꺼운 것은 아니었지만 만두를 더 먹고 싶지는 않았다. 나는 나무젓가락을 내려놓고 입에 들어 있는 만두를 천천히, 오래 씹었다. 그 사이 준과 민이가 깨어났고 창문 밖이 완전히 어두워졌다. 나는 아이들이 잠에서 완전히 깨기를 기다려 전복야채죽을 먹여 주었다. 준과 민이가 죽을 먹는 동안 수영은 식판의 밥을 먹었다. 콩나물국과 돼지불고기와 버섯나물과 상추겉절이가 순식간에 식판에서 깨끗하게 사라졌다. 만두가 담긴 일회용 도시락 용기도 깨끗하게 비워졌다.

나는 수영에게 약을 내밀고 침대에 누웠다.

"애들 약 좀 먹여 줘. 양치도 시켜 주고."

준과 민이의 기침은 눈에 띄게 줄어들었다. 아이들은 약을 먹고 양치를 한 뒤 정맥 주사의 줄을 엉키었다 풀어가며 놀았다. 아이들이 노는 동안 남자 간호사와 여자 간호사들이 번갈아 가며 아이들의 상태를 살피고 갔다. 체온과 맥박 수를 재고 칭얼거리지는 않았는지 묻고 갔다. 아이들은 항생제를 투여 받고 약을 먹은 뒤 장난기 많은 원래 모습으로 돌아왔다. 두 아이는 계속 장난을 치고 다투고 울다가 웃었다. 나는 그런 아이들의 모습을 지켜보다가 눈을 감았다. 눈꺼풀이 조금 뜨거운 느낌이 들었다.

'열이 있나?'

나는 눈을 감은 채 이마를 짚어 보았다. 손바닥이 조금 뜨거웠다. 내가 하는 일은 날마다 그 일이 그 일인데 왜 열이 날까 생각해 보았다. 수영이 출근하고 나면 나는 아이들을 유치원과 어린이집에 보내고 빨래와 집 청소를 한 뒤 자고 나서 스티커 붙이는 일을 했다. 내비게이션 만드는 틀에 작고 까만 반창고 같은 스티커를 붙이는 일이었다. 미라를 따라서 시작한 일은 하루 한 상자가 고작이었다. 그게 아니라면 아이들에게 감기가 옮았을 수도 있었다. 혼자 아이들을 진찰받게 하고 입원시키는 동안 지쳐서 열이 날 수도 있겠고. 하지만 이 생각들은 오래 가지 않았다. 얼마 가지 않아 나는 마구 쏟아지는 잠 속으로 빠져들어 버렸기 때문이었다.

잠을 자는 동안 내내 편하지 않았다. 바닥에서는 수영이 민이를 데리고 잤지만 준이만 데리고 자기에도 침대는 꽤 좁았다. 게다가 준이는 침대를 여기저기 옮겨 다니며 잤고 나는 그때마다 수액이 들어가는 줄이 엉키지 않을까 혹 손등에 꽂혀 있는 바늘이 잘못 되지 않을까 하는 걱정으로 자주 잠이 깼다. 좁은 공간이라도 아이가 둘일 때는 수영과 내가 한 아이씩 나눠서 잘 수 있지만 아이 하나가 더 생기면 어떻게 될까 하는 생각도 하면서. 그 때문에 나는 잠을 잔 것 같지 않은 채 아동병원 502호의 아침을 맞이해야 했다. 전날보다 몸이 열 배는 더 무거워진 아침이었다.

결국 나는 잠에서 깨어난 순간부터 앓아 눕고 말았다. 치료를 더 해야 하긴 했어도 준과 민이는 또다시 방 안을 뛰어다니기 시작했지만 나는 아이들에게 소리도 제대로 지르지 못했다.

내가 열이 난 것은 몸살 때문이었다. 내 몸살은 입덧 초기에 겪을 수 있는 몸살이라고 산부인과 의사가 말했다. 다행히 아동병원

삼 층에 산부인과가 있었다.
"한 생명을 만드는 일은 보통 일이 아니에요. 어머니의 피와 살과 뼈를 나눠 주는 일이잖아요? 그래서 나는 어머니가 하느님 다음으로 위대하다고 생각해요."
이 말이 산부인과 의사가 내게 내린 처방이었다. 나는 마른 체형에 머리카락이 가는 여의사의 말을 집에 돌아와서도 계속 생각했다. 여의사의 말이 생각나면 수영이 아니라 아직 외관상 동물과 구별이 가지 않는 배아 상태일 뿐인 아이에게 미안해졌다. 그 다음에 어김없이 떠오르는 것은 세 아이를 키우는 내 모습이었다. 구겨진 옷과 부스스한 머리와 얼굴로 혼자서 카페나 영화관에 갈 수 있는 하루 동안의 휴가를 꿈꾸는 내가 떠올랐다. 아이는 예쁘지만 지루하고 갑갑하고 우울한 것도 어쩔 수 없는 하루하루는 이미 두 번이나 경험한 것이기에 더 두려웠다. 하느님 다음으로 어머니라는 존재가 위대하다는 여의사의 말로도 이 두려움은 사라지지 않았다.
되도록 생각을 줄이기 위해 아이들이 퇴원한 뒤에도 나는 스티커 붙이는 일을 계속했다. 그리고 오후 네 시 이십 분이 되면 아이들을 데리러 유치원과 어린이집으로 갔다. 어린이집 원장은 담임이 민이를 데리고 나오는 동안 준이의 손을 잡고 있는 나를 빤히 들여다보았다.
"민이 어머니. 어디 아프세요? 꼭 아픈 사람 같아 보여요."
어린이집에서는 민이 또래의 아이들이 하나둘 나오고 있었다. 어린이집 앞의 놀이터에는 아이들이 집으로 가다 말고 그네나 미끄

럼틀을 탔다. 나는 애매하게 웃으며 고개를 저었다. 그때 어린이집 건너편 아파트 앞으로 미라가 걸어오고 있었다. 지갑과 장바구니를 들고 있는 게 저녁을 준비하기 위해 마트에 가는 모양이었다. 엊그제 마트에 함께 갔을 때 물건을 조금씩 사야 하는 미라가 나를 부러워하던 생각이 났다.

"내가 너라면 이 아이를 낳을 거 같아. 정말 신은 참 불공평해. 이것도 우리 두 사람한테는 많을 텐데 남는 음식은 어떻게 하니? 내가 또 먹어 치워야 하는 거지?"

함께 가면 나는 또 미라에게 이 말을 들을 터였다. 그리고 내 잘못도 아닌데 미라에게 미안한 표정을 지을 것이다. 아이들을 데리러 나온 시간에 마트에 가는 걸로 봐서 어쩌면 미라가 그런 나를 더 미안해한 건지도 모르겠다는 생각이 들었다. 다행히 민이가 때를 맞춰 엄마! 하고 달려 나왔다. 나는 미라에게 손을 흔들어 주고 집으로 돌아왔다. 잠깐만! 하고 외치며 미라에게 달려갈 수도 있었지만 아픈 사람 같다는 어린이집 원장의 말이 자꾸 신경 쓰였다. 불쾌한 무기력과 막무가내로 쏟아지는 잠도 모라자서 또 다른 불편함이 시작되고 있었다. 그동안 미라에게 열거했던 불편들은 아직도 까마득하게 멀리 있는데. 이 생각을 하자 갑자기 우울해지기 시작했다.

그날 저녁 나는 싫다는 수영을 억지로 이끌고 아이들과 함께 마트에 갔다. 북적북적한 사람들 틈에서 수북하게 쌓여 있는 상품들을 둘러보며 필요하거나 사고 싶은 것들을 골랐다. 수영은 처음으로 여기저기 돌아다니는 준과 민이를 카트에 태웠다. 카트 한 대는 두 아이만으로 가득 찼다. 나는 평소 좋아하던 치즈와 버터 앞에서 걸음을 멈췄다. 두 줄의 **빨간색**이 선명한 테스트기를 보고 난 뒤부터 먹을 수 없었던 음식이 문득 몹시도 그리웠다. 느끼한 맛이 역겨워 먹지 못했던 음식이 치즈와 버터가 들어간 음식이었다.

   아직도 나는 화가 다 풀리지 않았다. 수영은 이제부터 아이들을 함께 돌봐주겠노라고 했지만 그건 여전히 말뿐인 것 같았다. 이럴 때는 내가 좋아하는 음식을 먹어야 했다. 나는 잔뜩 쌓여 있는 치즈와 버터 가운데서 체더치즈와 감성버터를 골랐다. 그런데 그때 갑자기 손가락이 시렸다. 겨우 치즈와 버터를 사려고 마음먹은 것뿐인데 다섯 손가락 사이로 바람이 지나가는 것 같았다.

그 여자의 별자리

그와 나 사이의 거리는 십 미터쯤 될 것 같다. 아니면 팔구 미터쯤 될지도 모른다. 하지만 정확한 거리는 중요한 게 아니다. 중요한 건 내가 그와 최대한 떨어져 앉아 있다는 것이다. 그 거리가 겨우 십 미터이거나 팔구 미터다. 나에게만 백 미터와 맞먹는 거리다. 거실이 좀 더 넓었다면 그와 나 사이의 거리는 더 벌어졌겠지만 공용면적을 제외하고 난 집은 이십오 평 넓이다. 방 세 개와 화장실 두 개와 주방 겸 거실이 한 개 있는 집은 그가 온 뒤부터 부쩍 좁아진 느낌이다.

거실 바닥에서는 더 이상 냉기가 느껴지지 않는다. 지금 거실 바닥과 내 엉덩이는 거의 비슷한 온도를 유지하고 있다. 둔부가 정상 체온을 회복하려면 밤새도록 앉아 있어야 할 것 같다. 물론 냉기가 스며든 둔부의 체온을 정상으로 만들기 위해 내가 거실 바닥에 앉아 있는 것은 아니다. 그가 말없이 술만 마시는 이유를 알 수 없으니까 앉아 있는 것이다. 나는 식탁 의자에 살짝 등을 기대 본다. 어느 날부터 내가 등을 기대게 된 것은 그가 아니라 식탁의 의자다. 여느 날과 다름없이 의자가 뒤로 조금 밀려난다. 식탁이 없었다면 뒷머리를 바닥에 찧었을 것이다. 처음 이 집에 입주할 때 산 싸구려 식탁이 의외로 튼튼하다. 이 식탁을 산 곳은 시장의 가구 상가였다. 간판은 이태리 가구점이었는데 이태리 가구는 하나도 없고 싸구려 장롱과 침대와 식탁과 책장과 의자 등이 빼곡했다. 그 가운데서 나는 철제 다리와 위에 아무렇게나 페인트칠을 한 것 같은 식탁을 마음에 들어했다. 딸은 원목 무늬가 아니라서 싫다고 했지만 무성의하게 칠해진 식탁이 마음에 들었다. 그 선택은 옳았다. 하지만 지금은 그 선택이 틀렸다는 생각이 든다. 나는 다시 머릿속의 문장을 정정한다. 그 선택만 옳았다고. 갑자기 빈손으로 이 집을 떠나게 될 때 식탁을 돌아보게 되는 일은 없을 테니까 말이다.

나는 옆으로 가만히 손을 뻗어 본다. 눈은 여전히 그에게 두고 있는 채로 식탁 다리를 잡는다. 한동안 저녁상이 차려지지 못한 식탁의 다리는 생각보다 차갑다. 쇠붙이 특유의 차가운 냉기가 빠르게 머리끝까지 타고 올라간다. 찌릿한 기운에 등줄기가 오싹하다. 덩달아 텅 빈 위장이 요동을 친다. 김이 모락모락 피어오르는 쌀밥과 뻘건 김치찌개가 잠깐 머릿속을 스쳐 간다. 하지만 입안에 침이 고이지는 않는다. 내가 식욕이나 허기를 느끼는 건 그가 없을 때뿐이다. 이런 증상은 얼마 전부터 생겼다. 더 정확하게 말하면, 가게를 찾는 남자 손님들에게 웃음이 헤프다는 이유로 싸우고 난 뒤부터다. 그가 있을 때마다 감정을 억지로 절제하려다 보니까 먼저 소화 장애가 온 것 같다. 그 다음에는 매출이 줄어들었다. 아무 장애도 받지 않고 양도 줄어들지 않은 건 그의 위장이다. 내가 간신히 의자에 등을 기대고 있는 순간에도 그는 쉬지 않고 맥주를 마시며 호주산 쇠고기육포를 씹고 있다. 집 안에서 들리는 소음은 텔레비전 소리와 그가 맥주를 마시며 육포를 씹는 소리뿐이다. 그의 이빨에 씹히는 육포가 마치 내 살 같다. 하지만 방으로 들어가거나 귀를 틀어막을 수는 없다. 전쟁으로 치면 그건 패전과 다름없기 때문이다. 그러니까 나는 방으로 들어갈 수도 귀를 틀어막을 수도 없다. 시계를 본다. 가게 문을 닫고 온 지 꽤 되었다. 딸은 아마 지금쯤 친구들과 잠자리에 들었을 것이다. 잠들기 전 친구들과 소곤거리는 사이사이 집 생각도 했을 거다. 딸은 제주도로 봄 수학여행 중이다. 열세 살에 처음으로 엄마 없이 간 여행이다. 생각지도 않았는데 한숨이 나온다. 어린 딸의 빈자리가 이제야 크게 보인다. 그동안 내가 기댄 것이 사실은 식탁 의자가 아니라 딸이었던 모양이다.

딸에게 문자라도 보내 볼까 하다가 그만둔다. 빈 맥주 캔 내려놓는 소리가 크게 고막을 때린다. 십여 분 만에 빈 맥주 캔이 벌써 두 개째다. 육포는 반 정도 남은 것 같다. 빠르게 마른 고기와 술이 들어간 그의 위장이 팽창하기 시작하듯 내 머릿속도 부풀어 오르려고 하고 있다.

어디선가 노랫소리가 들린다. 익숙한 노래다. ……They say that

times supposed to heal ya But I aint done much healing…… 그럴 상황이 아닌데 healing이란 단어를 반복해서 되새긴다. Hello its me. 익숙한 노래는 내 휴대폰 벨 소리다. 그제야 머리를 짓누르던 온갖 생각들이 스르르 꼬리를 감는다. 머릿속에서 부풀어 오르던 생각들이 파란 독을 감춘 채 가슴 밑바닥에 납작 엎드린다. 이것은 약자의 본능적 자기 통제다. 나는 서둘러 변기 물을 내리고 식탁 의자 앞으로 돌아온다. 바닥에는 미지근하게 내 체온이 남아 있다.

전화를 건 사람은 뜻밖에 딸이다. 잠자리에 들었을 거라 생각했는데 전화를 걸어 줘서 딱딱하게 굳은 가슴 한쪽이 말랑말랑하게 풀어지는 것 같다. 딸이 그런 존재인 모양이다. 그런 딸의 전화에는 멀리 집을 떠난 자의 아련함이 묻어난다.

"엄마, 가게 문 닫았어? 집이야?"

아마도 딸과 나 사이에는 인공위성이 떠 있는 모양이다. 수백 킬로미터 바다 건너에서 나를 꿰뚫고 있는 딸이 놀랍다. 하긴 열세 살은 결코 적은 나이가 아니다. 나는 휴대폰을 귀에 댄 채 고개를 끄떡인다.

"어. 근데 넌 잘 시간 아니야?"

전화기 너머에서 딸이 바람 부는 밤바다처럼 높은 목소리로 대답한다.

"화장실이야. 자려고 하는데 오줌이 마렵잖아. 콜라를 너무 많이 마신 것 같아."

비로소 열세 살의 딸이 만끽했을 자유가 느껴진다. 콜라는 바쁘고 여유 없을 때 많이 마실 수 있는 음료가 아니다. 탄성과 감탄과 흥분으로 시끌벅적했을 딸의 하루가 눈앞을 스쳐 간다.

"그럼, 이제 빨리 들어가서 자. 내일도 여기저기 돌아다니려면 충분히 자 둬야지."

"어, 이제 잘 거야."

딸의 이 말을 끝으로 잘 자라는 인사를 하고 전화를 끊으려고 했다. 그때 딸의 목소리가 갑자기 낮아진다. 한 옥타브는 낮아진 것 같은 목소리로 딸이 묻는다.

"엄마, 아저씨는? 들어오셨어?"

딸은 영리하다. 상대방을 생각해 주는 척 상황을 묻는다. 제 목소리가 그에게 들릴 거란 계산도 넣어 둔 물음이다. 역시 열세 살은 적은 나이가 아니다. 또 카페를 하는 엄마 밑에서 자란 영향도 무시하지 못할 것이다. 제 나이보다 어른스러워질 수밖에 없는 딸이 안쓰럽다. 내가 선택해서 딸의 엄마가 된 건 아니지만 이런 딸을 보면 저절로 마음이 짠해진다. 나는 가라앉는 목소리를 억지로 끌어올린다.

"어. 들어와서 지금 맥주 한잔하고 계셔."

내 대답이 끝나자마자 더 낮아진 목소리로 딸이 또 말한다.

"엄마, 어떤 일이 있어도 참아. 엄마, 그래야 돼. 알았지? 평화는 일단 지키고 봐. 다른 방법이 없잖아."

뜻밖의 말에 나는 얼떨떨하게 대답한다.

"어, 그래. 그럴게."

전화를 끊을 때까지 나를 지켜보고 있던 그가 집에 돌아온 뒤 처음으로 입을 연다.

"승희가 뭐래?"

뭔가 기대한 물음이 아니다. 그는 자신의 속에서 뒤틀리는 것을 풀어낼 먹이를 찾고 있다. 카페의 저녁에서도 그랬다. 누가 봐도 내가 손님과 나누는 대화는 정중했고 내 배웅은 공손했다. 그냥 일상의 대화도 마음의 깊이가 다르다는 것만 느낄 뿐 그는 아무것도 트집 잡지 못했다. 내내 찡그린 미간이 모든 것을 미루어 짐작하게 했다. 그 생각이 나는 순간 딸의 주의가 머릿속을 가로질러 간다. 평화는 지키고 봐. 나는 다시 한 번 그의 미간을 쳐다본다. 내 입에서는 자연스럽게 거짓말이 흘러나온다.

"술을 많이 마시지 않았으면 좋겠대. 아저씨가 걱정된대."

그는 단숨에 한 캔을 또 비운다. 이제 맥주 캔은 세 개가 남아 있다. 그가 빈 캔을 찌그러뜨리며 입꼬리를 비틀어 웃는다.

"그래?"

동시에 찌그러진 빈 캔이 나를 향해 날아온다.

"왜 그런 것까지 거짓말을 하지?"

찌그러진 캔은 내 가슴을 맞힌 뒤 거실 바닥으로 떨어진다. 인조목재가 깔린 바닥으로 빈 캔 구르는 소리가 가볍게 울려 퍼진다. 마치 간격이 짧은 줄을 팽팽하게 당길 때 나는 소리 같다. 너무 팽팽한 나머지 조금만 힘을 가해도 날카로운 소리가 날 것 같은 줄이 떠오른다. 나는 빈 캔을 내려다보며 심호흡을 한다. 또 딸의 말을 떠올린다. 어떤 일이 있어도 참아야 돼. 그러면 언젠가는 무방비 상태로 살아도 되는 날을 되찾을 수 있을 것이다. 딸의 말은 그렇다. 하지만 무슨 수로? 정말 무슨 수로 평화를 되찾을 수 있다는 말인지 나는 도통 알 수 없다. 그는 일거수일투족을 나와 함께한다. 함께 눈 뜨고 함께 아침 겸 점심을 먹고 함께 가게에 나가 문을 열고 가게가 끝나면 함께 집으로 돌아온다. 두 분 금슬이 정말 좋으신가 봐요? 이렇게 늘 함께하는 그와 나를 보고 속 모르는 사람들은 이런 말을 할 정도다. 이런 말을 들을 때마다 나는 가슴이 답답하다. 그의 앞에서 부부가 아니라는 말을 할 수도 없고 부부가 아닌데 함께 살고 있는 상황을 설명할 수도 없다. 그때마다 긍정도 부정도 할 수 없는 나는 애매하게 웃었다.

빈 캔을 치우는 사이 그는 네 개째 맥주 캔을 딴다. 나는 여전히 그가 무엇 때문에 화가 난 것인지 알 수 없다. 다시 생각해 봐도 그에게 트집 잡힐 만한 일은 하지 않았다. 가게를 찾은 손님들도 대부분 여자를 동반했고 나는 되도록 여자들과 눈을 맞추었다. 그는 내가 분주한 저녁 시간을 보내는 동안 카페 구석에서 게임만 했다. 이 생각이 떠오르자 갑자기 화가 난다. 오히려 화를 내야 할 사람은 그가 아니라 나다. 내가 해 주는 밥을 먹고 내 집에서 잠을 자고 내가 사 주는 옷과 빨래해 주는 옷을 입고 사는데도 그가 내 집에서 하는 일은 아무것도 없다. 그런데도 텔레비전을 마주하고 앉아서 주인처럼 술을 마신다. 현관문을 들어서자마자 아무렇게나 옷을 벗어서 던져 놓고 냉장고에서 맥주를 꺼내 마시는 일은 집주인만이 할 수 있는 일이다. 텔레비전을 보며 입에 맞는 안주를 찾아먹는 것까지 집주인처럼 너무도 자연스럽다.

　나는 그의 이런 당당함이 어처구니없다. 여자와 함께 잤으므로, 여자와 함께 살고 있으므로 모든 것을 마음대로 해도 된다는 생각이 어이없다. 그는 모든 섹스가 다 사랑은 아니라는 것도 모르는 사람이다. 처음부터 이렇게 무지한 인간에게 온정을 베푸는 게 아니었다. 식탁 의자 다리를 잡고 자세를 고쳐 앉는다. 차가운 기운이 또 빠르게 머리까지 타고 오른다. 나는 비로소 깨닫는다. 모든 시작은 비 때문이었고 그가 집주인처럼 굴게 된 건 나 때문이라는 것을 말이다.

　이월 첫 주의 비바람 세찼던 날이 떠오른다. 날씨도 그렇고 손님도 없어서 일찍 가게 문을 닫으려고 하는데 그가 들어선 날이다. 머리부터 발끝까지 흠뻑 젖은 몰골로 들어온 그가 나에게 처음 한 말은 커피를 달라는 것이다. "뜨거운 아메리카노 한 잔이요." 그는 젖은 천 원짜리 지폐를 건넸지만 나는 공짜 커피를 주었다. 어차피 남는 커피였으니까. 그가 두 번째 한 말은 옷을 좀 말리고 가겠다는 거였다. 나는 일찍 들어가고 싶었지만 고개를 끄떡이고 말았다. 그때 딸에게서 전화가 왔다. 딸은 배가 고픈데 밥도 없고 라면도 없다고 징징거렸다. 나는 그에게 그만 가게 문을 닫아야겠다고 했다. 그는 남은 커피를 서둘러 마시고 카페를 나갔다. 그 뒤로 그는 잊을 만하면 카페에 와서 아메리카노를 마셨다. 커피를 마시고 있다가 고장 난 수도꼭지나 변기를 고쳐 주기도 했다. 이런 것들을 그는 아주 노련하게 고쳤다. 나는 그에게 아파트 현관 비밀번호 키도 고쳐 줄 것을 부탁했다. 현관 비밀번호 키를 고쳐 주었을 때는 내 집 거실에서 커피를 마시게 해 주었다. 그가 내게 해 준 일을 굳이 찾으라면 대충 이런 것들이다. 또 그날 밤 나를 안아 준 것도 있다. 겨우 그 일을 해 주고 그는 내 집에 어물어물 눌러앉았다. 저녁만 얻어먹고 가겠다며 텔레비전 리모컨을 손에 쥐고는 아직까지 놓지 않고 있다.

    그가 거실 소파에서 안방 침대까지 영역을 확장하기까지는 불과 하루도 걸리지 않은 것 같다. 그렇게 짧은 시간에 딸은 스스로 식탁 의자와 제 방으로 밀려났다. 딸은 그와 일정한 거리를 유지했다. 그가 아무리 딸과 가까워지려해도 그 거리는 줄어들지 않았다. 그 거리는 하루아침에 좁힐 수 있는 거리가 아니었다. 딸은 그의 비굴하고 어색한 웃음을 속으로 경멸했다. 저녁 식사 후 설거지를 하는 내 곁으로 온 딸이 그를 빨리 내보내라고 했다. 하지만 혼자 뻘쭘하게 텔레비전을 보던 그는 어느새 잠들어 있었다. 아니 잠든 척하고 있었다. 딸이 제 방으로 들어간 것을 확인하고 안방으로 들어온 지 오 분도 되지 않아 뒤따라 들어온 것을 보면 그렇게밖에 달리 할 말이 없다. 이 모든 것은 어쩔 수 없었다고밖에 달리 할 말이 없는 것이다. 그가 이 집에 들어오기 전까지 딸과 나는 무방비 상태였다. 현관 문만 잠그면 딸과 나는 아무것도 경계할 것이 없었다. 남편과 헤어지고 얼마 지나지 않아 남편이 남긴 체취도 깨끗이 사라졌다. 그런 집에 그가 들어온 거다. 자정이 가까워지는 시간에 안방으로 뒤따라 들어와 나를 안은 거다. 그가 나를 안던 순간 온몸의 촉수가 알아서 백기를 내리던 기억이 떠오를 때마다 팔과 다리에 소름이 돋는다.

그 여자의 별자리

나는 팔에 돋은 소름을 쓸어본다. 유난히 큰 소름이 몇 개 손바닥에 느껴진다. 그가 다섯 번째 맥주를 비우고 빈 캔을 바닥에 놓는 소리가 들린다. 그는 텔레비전과 나를 번갈아 본다. 나는 팔에 돋은 소름을 본다. 얼핏 보면 밤하늘의 전갈자리 같다. 하지만 그렇게 보이는 것뿐인지도 모른다. 언젠가 보았던 딸의 연습장이 떠오른다.

……누군가와 관계를 맺는다는 것은 하나의 별자리를 만들어 가는 것과 같다. 나의 별자리는 나와, 나와 관계를 맺은 다른 누군가와의 조합과 배열이다. 또 관계를 맺는 일은 두려움을 이기는 일이다. 관계를 맺을 때도 끊을 때도 용기가 필요하다. 그러므로 관계를 맺고 끊는 일은 나무가 꽃을 피워 열매를 맺는 것만큼 신중을 기해야 할 일이다…….

열세 살치고는 어른스러운 글이다. 관계를 맺는다는 건 별자리를 이어 나가는 것과 같다는 생각도 그렇다. 하지만 요즘 시대의 열세 살과 나의 열세 살은 다르다. 몸도 생각도 조숙하다. 딸은 얼마 전에 첫 생리를 시작했다. 그가 이 집에 들어온 지 얼마 되지 않았을 때다. 혈흔이 묻은 딸의 팬티를 보자 눈물이 났다. 제 아빠를 닮아 못 생겨서 눈물이 났고 언제라도 아이를 가질 수 있는 여자가 되어서 눈물이 났다. 그때 관계라는 말이 희미하게 이마를 스쳐 갔다. 꽃처럼 사람도 열매를 맺기 위해서는 관계가 필요하다.
 그는 여섯 개째의 맥주 캔을 딴다. 피식— 하고 캔에서 가스 빠져

나오는 소리가 유난히 요란하게 들린다. 그가 처음 이 집에 들어온 날을 떠올려 본다. 그날 나는 두려움을 느끼지 않았다. 물론 신중을 기하려고 한 적도 없다. 그는 내 별자리가 아니었고 아침이면 당연히 내 집을 떠나리라 생각했기 때문이다. 여기에는 몸이 요구하는 것을 꺾지 못한 이유도 있다. 그가 입가에 묻은 맥주를 닦은 뒤 육포를 찢어 입에 넣는다. 힘없이 찢어지는 육포를 보자 몸의 요구를 꺾었다 해도 결과는 다르지 않았을 거라는 생각이 든다. 그를 현관문 안으로 들인 순간부터 이런 상황이 결정된 것이다. 그에게 거실 소파를 가리켜 보일 때부터 모든 것이 끝난 거다. 그는 손에 들고 있던 육포도 마저 찢어서 입에 넣는다. 육포의 검붉은 살을 씹는 그의 허연 이빨에서 무시무시한 힘이 느껴진다. 그는 전생에 아프리카를 누비던 사자였는지도 모르겠다.

오른쪽 다리에서 쥐가 난다. 갑자기 종아리 옆이 경직되면서 둥글게 부풀어 오른다. 종아리 근육에서 통증을 동반한 경련이 일어난다. 어렸을 때부터 차가운 곳에 오래 앉아 있다 보면 쥐가 나곤 했다. 나는 반사적으로 종아리를 주무른다. 경련은 쉽게 사라지지 않는다. 다리를 펴 보고 싶지만 펴기가 어렵다. 오히려 다리가 터질 것 같은 아픔만 전신을 훑을 뿐이다. 나는 몸을 뒤틀며 다리를 문지른다. 그는 쥐가 난 다리를 붙들고 쩔쩔매는 나를 흘깃 쳐다보고 만다. 다시 텔레비전으로 눈을 돌리는 그의 손이 또 꺼내온 맥주 캔을 딴다. 나는 쥐가 나서 어쩔 줄 모르는데 태연하게 맥주를 마시는 모습을 보자 갑자기 그를 죽이고 싶다는 생각이 든다. 어떻게 이 생각을 한 번도 해 보지 않았는지 모르겠다. 한 번도 부모형제에 대해 이야기한 적이 없었던 걸 보면 그는 세상에서 완전한 혼자일지도 모르는데. 문득 이 지구상에 완전범죄는 몇 개나 될까 궁금해진다. 이런 생각을 하는 내 자신이 소름 끼친다.

다리의 쥐가 좀 풀린 느낌이다. 다리도 조금 펴진다. 나는 정수기에서 찬물 대신 뜨거운 물을 한 컵 받는다. 컵을 쥔 손바닥으로 온기가 전해진다. 그제야 자동차 팸플릿이 눈에 들어온다. 며칠 전부터 그가 한 번 타 보고 싶다 말했던 SUV 자동차가 미끈한 자태로 들어 있는 종이다. 나는 그가 일부러 정수기 옆에 팸플릿을 놓아두었다는 것을 직감한다. 가슴 밑바닥에 납작 엎드린 뱀이 다시 고개를 쳐드는 게 느껴진다. 파란 독이 갈라진 혓바닥에서 뚝뚝 떨어진다. 아무리 생각해도 이런 것까지 들어줄 수는 없다. 자동차라니. 기생해서 사는 삶이 이렇게까지 당당해도 될까 싶다. 하지만 나는 잠자코 전단지를 정수기 옆에 도로 내려놓는다. 그런 내 가슴이 답답해진다. 독이 오른 뱀의 머리가 명치를 틀어막고 있는 것 같다.

새로 꺼낸 맥주의 두 번째 캔을 따며 그가 나를 쳐다본다. 그는 벌겋게 달아오른 얼굴로 육포를 우물거리며 입을 연다. 그의 말소리에 육포 씹히는 소리가 섞여서 들려온다.

"멋있지? 그게 내가 전번에 말한 차야."

전단지 속의 자동차는 못해도 몇천만 원은 웃돌 것 같은 차다. 출고된 지 십 년이 넘어가는 내 차와는 비교도 되지 않는다. 얼마 전에야 이런 날이 오리라는 걸 예상했다. 처음에는 싸구려라도 갈아입을 옷만 있으면 되던 사람이었다. 그때는 그와 나의 별자리가 만들어질 줄 알았다. 그랬던 사람이 점점 손을 벌리는 수위가 높아지고 있다. 요구하는 기교도 세련되어 간다. 그가 가게에서 집에 올 때까지 한마디도 하지 않고 집에 와서도 맥주만 마시는 이유를 이제 알겠다. 무언의 시위를 하고 있는 이유가 바로 이것이었다. 여느 날보다는 손님이 많은 날이었는데 용돈도 항상 주던 대로만 주었다. 친구들 사이에서 자동차 없는 사람은 자신뿐이라는 말도 언제부터 귓등으로 흘려들었다. 그는 자신을 포장하기 위해서라면 물불을 가리지 않는다. 지금처럼 말없이 술을 마시다 트집 잡을 기회나 손을 벌릴 기회를 포착하면 절대 놓치지 않는다. 왠지 불길한 예감이 든다. 나는 심호흡을 한다. 아무리 그래도 이건 아니다. 그는 날마다 내게서 적지 않은 용돈을 받아 간다. 그가 들어온 뒤부터 생활비도 늘어났다. 딸은 곧 중학교에도 가야 한다. 나는 컵을 비우고 차가운 물을 받는다.

"멋있긴 하네."

시큰둥하게 반응하는 나를 그가 뚫어지게 쳐다본다. 내 얼굴에 구멍이라도 날 것 같다. 익숙한 느낌이 목덜미를 훑는다. 갑자기 등에서 진땀이 나는 것 같다. 하지만 그의 눈을 피하지 않는다. 자동차는 옷이나 액세서리가 아니다. 나는 정수기 옆에 놓인 팸플릿을 다시 들여다보는 척한다.

"그래, 멋있어. 그런데……."

내가 말을 끝맺기도 전에 그가 마시던 맥주 캔이 나를 향해 날아온다. 맥주 캔은 정확하게 내 허벅지를 맞추고 바닥에 떨어진다. 캔 바닥에 조금 남아 있던 맥주가 사방으로 튄다. 맥주 방울들이 불빛을 받아 빛난다. 나는 바지에 묻은 맥주를 털고 그를 쳐다본다. 이번에는 정말 물러설 수 없다는 생각이 가슴을 조인다.

"나는 정말 자동차까지 살 돈은 없어. 이건 나한테 무리야."

그는 코웃음을 친다.

"사 주고 싶은 마음이 없는 거겠지. 요즘 누가 돈으로 차를 사? 재벌이나 장난감처럼 돈을 주고 사겠지."

순간 말문이 막힌다. 머릿속도 하얗다. 하얀 머릿속으로 이젠 정말 그를 내보지 못하면 내가 딸을 데리고 나가야겠다는 생각이 또렷하게 지나간다. 그것도 만만찮은 일이다. 그는 절대 나처럼 만만한 여자를 순순히 놓아줄 사람이 아니다. 그에게서 벗어나기 위해서는 내가 가진 것을 모두 버려야만 할 것이다. 아마도. 틀림없이. 나는 뻣뻣해진 고개를 애써 힘주어 젓는다.

"그러니까, 그럴 돈이 없다고. 손님이 예전 같지 않은 건 당신이 더 잘 알잖아."

나도 모르게 튀어나온 이인칭 대명사에 욕지기가 치밀어 오르려 한다. 가장 먼저 등이 서늘해진다. '당신'이라는 호칭이 들어가지 않은 문장이 그제야 생각난다. 나는 깊게 숨을 들이마셨다 내뱉는다. 이런 빌어먹을. 머릿속이 온통 뒤죽박죽이다. 아무리 해도 어떤 계기가 만들어지기 전까지는 그를 벗어날 수 없다는 생각과 어떻게든 계기를 만들어야 한다는 생각과 계기를 만드는 일이 생각보다는 위험할 것이라는 생각이 뒤죽박죽 섞여 있다. 한꺼번에 너무 많은 생각이 밀려들자 머리가 터질 듯 팽창한다. 그와 동시에 피로도 물밀듯이 밀려온다. 또다시 깊게 숨을 마셨다 뱉는다. 그러나 가슴은 여전히 답답하다.

내가 그를 당신이라고 부르기 시작한 건 그가 이 집에 들어온 지 얼마쯤 지나서다. 무엇보다 그가 이 집에 들어오면서 집의 구도에 안정감이 생겼다. 거기다 언제든 몸의 욕구가 팽창해도 해결할 수 있다는 점이 좋았다. 남편이 떠난 후 처음으로 찾아온 안정감에 딸도 얼마간 그의 존재를 묵인했다. 이것이 그를 곧바로 내보내지 못한 또 하나의 이유도 되겠다. 그것이 실수였다는 걸 깨달은 건 그를 당신이라고 부른지 한참 지나서다. 그를 당신이라고 부른 것도 실수였다는 걸 말이다. 그날은 자주 들르는 단골손님이 불쑥 장미꽃을 내민 날이다. 친척의 결혼식에 갔다가 화환에서 뽑아왔다는 장미는 붉은색이었다. 담배를 사가지고 카페를 들어서다 나에게 건네는 장미를 본 그는 얼굴이 돌처럼 굳었다. 아무 생각 없이 화환에서 뽑은 장미를 장난삼아 나에게 건넨 것뿐인데, 그는 이상한 상상의 총구를 나에게 겨누었다. 아무 의미 없이 꽃을 주는 사람은 없다. 그것도 장미꽃이다. 장미를 건네받을 때 네 미소는 지금까지 나에게 한 번도 보여 준 적 없는 웃음이다. 언제부터 그 사람과 그렇고 그런 사이였나. 대략 이런 말을 수없이 반복하고 또 반복했다. 그도 남편과 하나도 다르지 않았다. 자정 무렵까지 나는 똑같은 말을 듣고 또 들었다. 그것 말고는 다른 방법이 없었기 때문이다. 처음에는 그의 말이 터무니없는 억지라고 했다. 일주일에 두세 번 들르는 단골손님 이상도 이하도 아니라는 설명도 했다. 그는 막무가내였다. 내 말을 전혀 들으려고 하지 않았다. 결국 나는 수없이 반복되는 그의 말을 묵묵히 듣기만 했다. 제 방에서 그와 나를 지켜본 딸은 다음 날 아침 고개를 절레절레 저었다. 학교에 가기 위해 현관을 나설 때까지 단발머리가 찰랑거렸다. 그날 나는 그의 옷을 가방에 담아 현관 앞에 놔두었다.

"이 집에서 그만 나가요."

그는 가방과 나를 번갈아 본 뒤 고개를 꼬며 입을 비틀어 웃었다.

"그래, 내가 그럴 줄 알았어. 그놈이 있으니 이제 나 같은 건 필요 없다는 거지?"

대화가 되지 않는다는 건 이미 파악했으므로 그의 말에 답변 같은 건 하지 않기로 했다. 나는 그의 시선을 피하지 않고 그의 눈을 똑바로 쳐다봤다.

"빨리 나가요."

또다시 그가 입을 비틀어 웃었다. 그리고 가방을 발로 걷어찼다. 가방은 현관문에 맞고 그의 슬리퍼 위로 떨어졌다.

"이게 내가 좋아죽겠다고 할 때는 언제고 나가라고 한다? 너와 나의 관계에 대해서 다시 말해 줘? 너와 나의 관계 말이야."

나는 아랫입술을 앙다물고 현관문을 열었다. 가방도 내놓았다.

때를 맞춰서 맞은편 집 현관문도 열렸다. 나보다 열 살은 많아 보이는 남자가 나를 보고 인사했다. 한데 그 눈빛이 야릇했다. 아파트에 사는 사람들을 대변하고 있는 듯 보이는 눈빛. 이야기를 나눈 적은 없는데 나를 속속들이 아는 눈빛이었다. 나는 모른 척 고개 숙여 인사한 뒤 그를 돌아보았다. 너와 나의 관계는 아무것도 아니라는 말은 목젖에 걸려 나오지 않았다. 언제든 끝내고 싶을 때 끝낼 수 있는 관계. 어떤 책임이든 묻지 않아도 되고 의무도 존재하지 않는 관계. 아무리 해도 별자리는 될 수 없는 관계. 굳이 따지자면 또 사랑이라고 말할 수 없는 관계. 그 이상도 이하도 아니라는 말이 목구멍을 막았다. 나는 목젖에 달라붙은 가래를 뱉어 내듯 기침을 했다. 내가 할 수 있는 것은 그것뿐이었다. 가방을 걷어차는 발길질 한 번에 나는 움츠러들어 있었다. 몸이 남편의 주먹을 생생하게 상기시켰다. 나는 앞집 남자를 돌아보았다. 앞집 남자가 좀 더 오래 있어주길 바랐다. 하지만 이 분도 되지 않아 엘리베이터가 올라왔고 앞집 남자는 엘리베이터 속으로 사라졌다. 오륙 라인 십칠 층에는 그와 나만 남았다. 앞집 남자는 그의 아내보다 늦게 출근하기 때문이다. 엘리베이터 문이 닫히는 소리에 등이 얼어붙는 것 같았다. 두껍게 얼어붙은 등이 겨울 강처럼 갈라지는 듯했다. 하지만 나는 숨을 깊게 들이마셨다 내뱉었다. 가슴이 떨렸지만 애써 눈과 목에 힘을 주었다.

"이제 그만 나가요. 당장 내 집에서 나가."

이 말을 하고 난 뒤의 기억은 없다. 그가 눈을 부릅떴다는 것과 나를 향해 다리를 들어 올렸다는 것 외에는 아무것도 생각나지 않는다. 이것마저도 병원 응급실에서 깨어난 순간 기억을 더듬어 겨우 찾아냈다는 것 외에는 말이다.

처음 얼마 동안은 그를 사랑해도 될 것 같았다. 세상의 모든 남자들이 다 똑같은 건 아니라는 생각도 들었다. 그때는 내 삶을 그렇게 다시 시작해 보고 싶었다. 삶이 새로울 것은 없는데 막연하게 그런 생각이 들었다. 엄마가 그런 나를 걱정했다. 그때 엄마는 멀리 제주에 있었다. 먼 바다 건너에서 엄마가 말했다. 사람은 만나는 것보다 헤어지는 게 더 어렵다. 조심해라. 나는 엄마의 말이 이해되지 않았다. 그는 착했고 딸과 나에게 자상했다. 엄마는 도대체 뭘 조심하라는 건지 알 수 없었다. 어차피 나는 그와 결혼할 생각 같은 건 전혀 없었고 그와는 싫증이 나기 전까지만 함께하기로 작정하고 있었다. 그렇다고 엄마의 말이 신경 쓰이지 않는 것도 아니었다. 나는 엄마 말대로 조심했다. 아이가 생기지 않도록 조심했고 가게 금고와 통장 관리를 철저히 했으며 딸에게도 전에 없던 주의를 기울였다. 다행히 딸은 제 아빠를 닮아 못생겼다. 그도 뚱뚱한데다 납작한 들창코에 두툼하고 큰 입을 가진 딸에게는 딱 허물없이 대하는 정도였다. 열세 살의 딸을 위해서는 다행이라는 생각이 들었다. 그도 내가 점점 모든 면에서 세심해지고 있다는 걸 느꼈다. 내가 숨기고 조심하는 것이 많아질수록 그가 갖고 싶어 하는 것도 수위가 높아졌다. 처음에는 갈아입을 옷과 신발이 고작이었는데 선글라스와 휴대폰과 가격대가 높지 않은 오토바이 같은 걸 사 줄 것을 요구했다. 또 이런 말은 꼭 섹스를 할 때 했다. 내가 절정에 다다르려고 하면 그는 어김없이 갑자기 몸을 멈추었고 '있잖아.'하며 요구사항을 끄집어냈다. 나는 그 요구사항들을 대부분 들어주었다. 그가 요구하는 정도면 적당한 화대라고 생각했다. 이렇게 생각해야 마음이 편했다. 하지만 자동차는 이야기가 달랐다. 그건 세금을 내야 하는 재산이었다. 나는 그가 마지막에 내게서 무엇을 가져가려고 할지 충분히 상상되었다. 이런 건 굳이 설명해 줘야 알 수 있는 게 아니다. 그는 이 세상에서 가장 선량한 얼굴을 하고서 이름뿐인 사랑을 담보로 야금야금 내 피를 갈취하는 강도다. 이제야 엄마의 말이 제대로 이해된다. 눈에 보이는 것을 액면 그대로 믿으면 안 되는 것이다. 함께 나누는 섹스에서 요구하는 것을 들어주지 말았어야 했다. 무엇보다 그에게 적당한 거리를 유지해야 했다.

그와 나와의 거리가 점점 가까워진다. 집에 돌아오자마자 술을 마시던 그와 식탁 의자에 등을 기대고 앉은 나와의 거리 정도가 아니다. 팸플릿을 밖으로 던져 버리고 싶다. 하지만 주방 창문을 열 용기가 내게는 없다. 팸플릿을 던지는 것은 사태를 악화시키는 일이기도 할 터였다. 나는 또 정수기의 옆에 내려놓은 팸플릿을 슬쩍 내려다본다. 그는 내 습관을 빤히 꿰고 있다. 나는 집에 돌아오면 반드시 정수기에서 찬물을 받아 마신다. 저녁은 카페에서 간단히 때우기 때문에 식탁 앞에는 잘 앉지 않는다. 다음에는 샤워를 한 뒤 딸의 방을 들여다보고 여행 프로그램을 보다 잠자리에 든다. 순서가 조금씩 바뀌긴 하지만 이 과정을 빼먹은 적은 거의 없다. 그래도 팸플릿을 놓아둘 자리가 정수기 옆은 아닌 것 같다. 식탁 위라면 모를까 정수기 옆이라니. 잠깐 그의 의도를 생각해 본다. 어쩌면 찬물을 마시면서 잘 생각해 보라는 것인지도 모른다. 아니면 정수기 옆에 놓아두고 물을 마신 뒤 잊어버렸을 수도 있다. 하지만 어느 쪽이라고 짜증이 나지 않는 건 아니다. 그보다 더 짜증이 나는 건 그가 바로 내 곁에 와서 서 있다는 것이다. 그가 팸플릿을 집어 든다. 나머지 손으로는 내 손을 잡는다. 나는 그의 손에 끌려 거실 가운데로 나온다. 그가 환한 전등 아래서 팸플릿을 내 눈 앞에 갖다 댄다. LED 30W 전등 아래서 SUV 자동차는 유난히 반짝반짝 빛난다. 코팅된 팸플릿이 자동차 외관 같다. 내 몸의 모든 구멍도 코팅이 되어 버린 느낌이다. 여태까지 그가 내 삶을 통째로 코팅하고 있었다는 생각이 이제야 든다. 나는 팸플릿에서 고개를 돌린다. 나도 모르게 숨이 거칠어지고 있다. 딸의 말이 떠오른다. 평화는 지켜야 해. 다른 방법이 없잖아. 딸의 말대로 하자면 감수해야 할 것이 너무 크다. 그를 감당하기 위해 평생을 바쳐야 할지도 모른다. 이젠 정말 그와 끝내야 한다. 이것이 기회인지도 모른다. 나는 그에게 잡힌 손을 빼내며 숨을 고른다.

"제발 이러지 마."

하지만 나는 또다시 그에게 팔을 붙잡힌다. 그의 악력에 내 팔의 살들이 쥐여 짜지는 것 같다.

"겨우 이 정도 갖고 무리라고? 너무하는 거 아니야?"
"제발 그만해!"
나는 그에게서 벗어나기 위해 필사적으로 몸부림을 친다. 하지만 그의 악력은 점점 거세질 뿐이다. 팸플릿도 내 눈앞에 더 바짝 다가와 있다. 급기야 나는 그의 아랫도리를 무릎으로 걷어찬다. 그가 비명을 지르며 내 팔을 놓는다. 그사이 현관 옆에 있는 방에서 자동차 키를 찾아든다. 고작해야 이삼 분 동안 내가 할 수 있는 것은 그것이 전부다. 나는 집을 벗어나지 못한다. 한 손으로 아랫도리를 감싸고 있는 그에게 현관 앞에서 붙잡히고 만다. 그에게 붙잡힌 순간 나는 숨이 턱 막힌다. 그의 주먹이 갈비뼈 깊숙이 들어왔기 때문이다. 머릿속이 아득해진 내 귓가에 그가 내뱉는 욕이 이명처럼 들린다.

"……년이 어딜…… 너 죽고 싶구나?"

현관 앞에 저절로 무릎이 꿇려진 내게는 이 말밖에 들리지 않는다. 캄캄한 눈꺼풀 안으로는 수많은 장면들이 지나간다. 비 내리던 날 카페 안으로 그가 들어서던 장면. 비에 젖은 지폐를 내밀며 커피를 주문하던 장면. 온풍기 바람에 옷을 말리던 장면. 고장 난 수도꼭지를 고쳐 주던 장면. 현관 비밀번호 키를 고쳐 주던 장면. 저녁을 얻어먹고 잠든 척하던 장면에서 내 기억은 멈춘다. 내 삶이 어긋나기 시작한 건 그때부터였다고 또 다른 내가 지적한다. 나는 그렇다고 대답한다. 이제라도 삶을 바로 잡아야 한다고 또 다른 내가 충고한다. 이번에도 나는 그래야겠다고 말한다. 머릿속에서 혼자만의

자문자답이 빠르게 이루어지는 동안 그가 내 뒷덜미를 움켜쥔다. 나는 거실 바닥으로 끌려온다. 그가 먹다 남겨 놓은 육포가 눈에 들어온다. 딱딱하게 마른 고기의 결이 붉고 선명하다. 분명히 전생에 그는 아프리카 사자였을지도 모른다는 생각이 또다시 밀려든다. 그가 나를 돌려세운다. 팔과 다리에 오소소 소름이 돋는다. 그럼에도 나는 공포감을 억누르며 온몸의 힘을 끌어 모은다. 그리고 목소리를 쥐어짠다.

"놔! 나가!"

"나가? 나라가고?"

"씨팔놈아, 나가!"

"이년이 진짜?"

이번에는 복부 중앙으로 연거푸 주먹이 들어왔다. 나도 이렇게까지 말할 생각은 없었다. 갈비뼈 깊숙이 주먹을 맞고 보니까 처음부터 단호하지 못했던 게 잘못이었다는 걸 깨닫게 된 것이다. 이젠 정말 그에게 영역의 소재를 분명하게 해야 한다. 내 것이 네 것이고 좋은 게 좋은 것이며 내가 이 상황을 어떻게 할 수 없으니까 하는 식으로 어물어물 넘기다가는 모든 게 원점으로 돌아가고 만다. 여태까지 그래 왔다. 그런데 숨을 쉴 수 없다. 눈앞이 캄캄하다. 창자가 끊어진 듯 배가 아프다. 급기야 나는 거실 바닥으로 쓰러져 공처럼 몸을 만다.

"당······장 나······."

또다시 목소리를 쥐어짰다. 하지만 내 말은 내게도 신음소리처럼 들린다. 그마저도 끝도 맺지 못한다. 꺽꺽 숨이 막힌다. 배의 통증도 점점 더 심해진다. 저절로 신음소리가 난다. 나는 어금니에 힘을 준다. 그런데 이상하게 통증이 심해질수록 머릿속은 가시거리가 좋은 날처럼 또렷하고 선명하다. 아랫입술을 깊숙이 말아 물고 핸드폰이 어디 있는지 눈으로 더듬는다. 지금의 나를 누군가에게는 알려야 할 것 같은데 이젠 핸드폰과 나와의 거리가 멀어져 있다.

'이 도시만 해도 백오십만 명이 넘게 살고 있어. 그 가운데 나처럼 젊은 여자는 수십만 명이 되겠지. 그들 모두 누군가와 별자리를 만들었을 텐데…… 나도 나의 별자리를 만들고 싶었는데…… 나는, 내게는…….'

나도 모르게 눈물이 난다. 눈앞이 창백해지고 볼 위를 흘러내리는 눈물이 뜨뜻하게 느껴진다. 나에게는 남편이었던 남자나 그나 잘못 끼워진 단추다. 함께 별자리를 만들 수 없는 사람들. 어떤 시도조차 하지 말았어야 했던 사람들. 나는 아랫입술을 말아 물고 있는 앞 이빨에 힘을 준다. 내 상태에 당황한 것 같은 그를 아랑곳하지 않고 핸드폰이 있는 식탁을 향해 기어가기 시작한다. 핸드폰과의 거리는 좀처럼 좁혀지지 않는다. 갈비뼈와 복부의 통증이 장난 아니다.

나는 기어가는 것을 멈추고 식탁 위에 있는 핸드폰을 노려본다. 핸드폰은 먼 행성 같다. 새로운 별자리를 만들기 위해 궤도를 이탈하는 행성. 나는 숨을 고르는 동안 귀를 기울인다. 멀리서 또 다른 별자리를 만들기 위해 별들이 움직이는 소리가 들리는 것 같다.

| 해설 |

스스로를 구원하기

김영삼_ 문학평론가

1. 바람의 말

작은 마을에 한 소녀가 있다. 소녀는 바람에게서 언어를 배웠다. 바람은 햇빛을 거느리고 나뭇잎 사이에서 반짝이며 '무늬'라는 말을 알려 주기도 했다. 아직 어린 소녀에게 바람의 말은 어려웠지만 아름다웠고, 비밀스러웠으나 그만큼 매혹적이었다. 소녀의 유일한 버팀목이었던 작은언니가 서울로 떠나 버리고 유일한 친구였던 '소희'와의 사이가 멀어졌을 때에도 바람의 말은 소녀의 곁에 있었다. 소녀의 외로움이 깊어갈수록 바람의 말은 날카롭게 갈렸다. 소녀는 소희와 바람의 말을 공유하고 싶었다. 그렇게라도 멀어진 사이가 회복되기를 바랐다. 그러나 "아니, 난 그런 거 잘 몰라. 알고 싶지도 않고."(「바람의 말」, 69쪽)라는 소희의 말은 바람보다 더 날카롭고 뾰족했다. 그때부터였는지 모르겠다. 소녀가 바람에게 말을 얻는 대신 영혼을 넘겨준 때가. 소희의 거짓과 소희 오빠들의 폭력이 선을 넘어 소녀의 마음을 더욱 외롭게 만들어 급기야 메피스토펠레스의 유혹에 눈을 감아 버린 때가. 이제 소녀는 영혼을 넘겨주고 바람의 말을 얻었다. 바람의 말은 단독자로서 존재하는 이 세계에서 유일하게 소녀의 편이 되어 주었다. 바람의 말은 칼이 되어 날카로운 상처를 남겼다. 세계는 바람에 베이고 쓰러지고 흔들렸으며, 때로 사람이 죽기도 했다. 소희의 오빠가 첫 번째 희생자였다.

"엄마야! 저 사람들, 소희네 둘째 오빠하고 올케언니 아니야? 아닌가?"

내가 한 것은 그것뿐이었다. 나머지는 바람이 알아서 해 주었다. 자음과 모음을 부풀려 주었고 민들레 씨앗처럼 사방으로 날려 주었다. 알아서 '아'자와 '우'자를 부쉈고 사방에 뿌렸다. 바람은 오해의 습성을 너무도 잘 알았다. 소희의 둘째오빠는 오해의 습성을 몰랐다. 나는 팔에 돋은 소름을 천천히 쓸어내렸다. **그리고 조금 더 교활하고 대담해지기로 마음먹었다.** 모든 일은 이왕에 벌어진 것이었다.

바람이 불었다. 태풍이 지나간 뒤의 바람은 부드럽고 선선했다. 나는 앞산을 바라보았다. 많은 말들이 바람에 실려 날아오는 것이 보였다. 내가 처음 '하'자를 썼을 때보다 훨씬 많은 말들이 산을 넘고 저수지를 건너 날아오고 있었다. 말들은 감나무 가지와 마당과 마루에 내려앉았다. 곧 석영이 될 말들이었다. **나는 눈부신 말들이 마음에 들었다.**

　나는 쉴 새 없이 날아오는 말들을 향해 손을 내밀었다. 그리고 손바닥을 활짝 펼쳤다. (강조 인용자)

─ 「바람의 말」, 85~86쪽

　소녀와 바람의 공모는 소희의 가족을 겨냥했고 복수의 결과는 정확히 산출되었다. 소희의 둘째오빠와 첫째오빠의 아내 사이를 의심하는 바람의 말은 "사람들이 한마디씩 말을 보태면서 … 점점 무거워졌"(「바람의 말」, 82쪽)다. 급기야 태풍으로 커진 바람에 마을의 "콩과 참깨가 쓰러지고 감나무 가지가 부러"(「바람의 말」, 82쪽)지더니 결국 소희의 둘째오빠는 저수지에 몸을 던졌다. 소녀('나')가 바람에게 내린 첫 번째 명령의 결과는 어린 소녀를 두렵게 하기도 했지만, 소녀는 "눈부신 말들이 마음에 들었"단다. 수많은 말들이 소녀 주위에 내려앉고 있었고 소녀는 "손바닥을 활짝 펼"쳐 그것들을 맞이했던 것이다.

　그러니 이제 소녀는 '말을 부리는 사람', '언어를 만들어 세계에 내보내는 사람', '이야기꾼'이 된 것이다. 말(언어)이 만든 허구의 세계는 이제 지상의 소녀의 곁에서 유일한 친구가 될 것이다. 반짝이며 빛나지만 그 날카로운 면이 상처를 내기도 하는 '석영'처럼 소녀의 말은 유혹적이면 파괴적일 것이다. 소녀는 이제 언어의 세계(거짓과 이야기로 구성된 허구의 세계)로 발을 들여놓았다.

소설 「바람의 말」은 소녀(또는 작가)가 그 누구도 구원자가 될 수 없는 가혹한 상징계의 현실을 통과하는 방법을 보여 준다. 이 소설집에 등장하는 무수한 '그녀' 또는 '나'들은 대부분 구원자 없는 세계에서 외롭다. 남편으로부터 배신당한 후 이혼하고 힘들게 생계를 유지하고 있거나(「밥 이야기」, 「비파나무의 노래」), 남자의 폭력에 노출되어 있거나(「그 여자의 별자리」), 가사와 육아에 무관심한 남편 탓에 몸살을 앓고 있는(「다섯 손가락 사이로 지나는 바람」) 여성들이다. 「밥 이야기」의 화자인 '나'는 이혼 후 고향 근처의 요양원에서 노인들을 돌보면서 생계를 유지하느라 자신의 어머니가 돌아가신 것도 모른 채 몇 개월을 보내야 했다. 정작 자신의 어머니가 화자의 돌봄 노동에서 예외가 되어 버렸다. 어머니를 부양하던 큰오빠는 여동생들에게 어머니의 임종을 알리지 않음으로써 일방적으로 관계의 단절을 선언해 버렸다. 「비파나무의 노래」의 화자 김어진(나)은 남편의 외도로 이혼하고 면사무소 일용직 청소원으로 근무하고 있다. 부모님의 삶을 재구성하는 소설을 쓰기 위해 후쿠오카를 가고자 하지만 현실에서는 비정규직 청소부에게 일주일이 넘는 휴가가 허락되는 법은 없다. 자신이 운영하는 카페의 손님으로 만나 동거를 하게 된 남자의 무자비한 폭력에 노출된 '나'의 탈출 시도는 닫힌 현관문 앞에서 더욱 가혹해진 폭력으로 실패하고(「그 여자의 별자리」), 육아에 지쳐 몸살에 걸린 '나'는 셋째 아이의 임신이 기쁘지 않다. 남편은 아이가 많은 가정을 원하지만 육아와 가사노동은 원하지 않기 때문이다.

이은유 소설의 그녀들은 모두 단독적 개체들의 욕망이 부딪는 세계에서 냉혹한 현실의 차가운 바람을 맨몸으로 맞고 있다. 작가의 작품들에서 젠더화된 남성들의 권위와 무관심은 사회화된 폭력의 형태로 답습되고 있다. 때문에 그런 남성들과의 관계 단절은 이후 그녀들을 사회화된 관습의 벽과 싸우게 되는 결과를 산출했다. 남성들은 물리적이거나 인식적 폭력의 주체로서 그녀들을 이해하거나 공감하지 않는다. 공감능력은 거세되어 있다. 동시에 그녀들도 누구로부터 이해되기를 바라지 않으며, 당연히 다른 누군가를 이해하려는 노력 또한 하지 않는다. 작가는 그들의 남근을 상징적으로 거세할 때, 그들로부터 공감의 윤리 또한 함께 지워 버린 듯하다.

구원자도 조력자도 없는 세계에서 스스로를 구원해야 하지만 이 네 편의 이야기에서 그녀들은 대부분 스스로의 구원에 실패하고 있다. 그러나 바람의 말을 다스리는 소녀만이 유일하게 스스로를 구원하는 데 성공했다. 소녀는 이은유 작가의 작품에 편재하는 남성 없는 여성의 홀로서기에서 유일한 구원자의 모습일지도 모른다. 또한 소녀가 만들어 낸 구원자가 가족이나 권력이 아니라 자신이 만든 말이라는 점에 주목할 때, 이은유 작가의 인물들은 말과 언어의 세계라는 구원자를 스스로 창조하고 있는지도 모르겠다. 그리고 말과 언어의 세계가 바로 문학의 구성요소라는 점을 상기할 때, 그녀 또는 작가는 소설이라는 탈출구의 문을 연 셈이다. 이제 그녀들은 「바람의 말」의 소녀처럼 무성한 말의 세계에서 이야기를 생산하고 퍼트릴 것이다.

그런 점에서 「바람의 말」은 그녀들의 탈출행로에 대한 표상이며, 이은유 작가가 생산하는 이야기들의 기원이다.

2. 거짓말로 살아남기

들판의 외딴집에 한 노인이 산다. 노인은 두 다리가 없다. 또한 노인은 치매다. 노인의 말에는 "정상과 비정상이, 가상과 현실이, 과거와 현재가, 거짓과 진실이"(「백합」, 116쪽) 반반으로 섞여 있다. 바람의 말은 여기에도 불어와, 노인이 살고 있는 허물어진 집의 담벼락에도 "바람에 나부끼고 있었다."(「백합」, 115쪽) 그래서인지 노인은 자꾸 거짓말을 한다. 건넛마을에 사는 큰딸이 지난밤에도 쌀을 훔쳐 갔다고 한다. 고춧가루도 안 보이고 깨도 없어지고 마늘도 절반이나 줄었다고 푸념이다. 노인은 하루도 거르지 않고 큰딸을 '도둑년'으로 만들어 놓는다.

그러나 재가요양보호사로 노인의 집을 찾는 '나'는 그 말을 믿지 않는다. 노인에게 배정된 시간이 지나기만을 바라며 시간을 견뎌 내는 것이 '나'의 일이 되어 버렸다. 더구나 노인은 '나'에게 재가요양보호사로서 마땅히 해야 할 일들을 별로 바라는 눈치도 아니다. 다리도 없는 92세의 노인은 움직이기도 힘든 신체를 요령껏 놀려 '나'가 오기도 전에 빨래와 청소 등을 마친 후다. 마치 자신을 찾아오는 재가요양보호사가 해야 할 일은 밥을 짓고 빨래를 하는 등의 일상적 도움이 아니라 자신이 창조해 내는 '이야기'를 듣는 것이라는 듯이 노인의 태도는 일관적이며 집요하다.

그러나 다른 여자가 생긴 남편과 이혼하고 힘들게 생계를 꾸리고 있는 '나'는 그런 노인의 이야기가 믿기지 않을 뿐더러 관심도 없다. '나'가 할 수 있는 유일한 일은 건강보험관리공단에서 배정한 시간을 견뎌 내는 것뿐이다. '나'는 거짓의 세계에 관심을 둘 만큼 한가하지 못하다. 이은유 작가의 화자들은 대체로 타인과의 관계에 무감하다. 이해를 구하지도 않으며 이해하려 하지도 않는다. 「백합」의 화자인 '나'의 사정도 앞서 언급한 스스로를 구원하기에 실패하는 이야기의 화자들과 다르지 않다. '나'는 돌봄 노동의 대상들의 정서에 무감하다. 마음을 주지 않음으로써 자신의 마음을 닫아버린다. 스스로 공감의 싹을 거세해 버림으로써 자신이 버려졌음을 호소하는 듯하다. 우연인지 '나'가 보살피는 대상은 이웃의 공감과 돌봄을 요구하는 사회적 약자들이다. 주목할 점은 이혼 후 사회적 지위의 추락과 안정적 경제력의 상실로 인해 열패감과 무력감을 느끼면서 타자의 위치에 서게 된 '나'(와 그녀들)가 자신보다 더 약한 존재들에 대한 관심을 철회함으로써 연속되는 타자화를 재생산하는 주체가 되고 있다는 점이다. 남편-'나' 또는 남성-여성의 관계가 '나-노인'의 관계로 반복되며 재생산되고 있는 것이다. 그러니 「백합」에서의 '나'는 젠더화된 권력의 피해자인 것만이 아니다. '나'는 노인과의 관계에서는 남편과 남성이 서 있던 자리에 위치하게 된다. 과거 남편이 '나'의 정서에 무감했듯이, 현재의 '나'는 노인의 거짓말에 무감하다. 그래서 어서 시간이 지나가 주기만을, 어서 이 지루한 노동의 시간이 지나가 주기만을 바랄 뿐이다. 그리고 반대로 노인은 「바람의 말」의 소녀와도 같은 위치를 점유하게 된다. 소녀가 거짓을 통해 세계에 대한 복수에 성공했듯이, 노인 또한 이야기를 통해 외로움과 고립에서 벗어나려 한다. 그래서 노인은 집요하다.

"엊저녁에 막 잠이 들라고 하는데 말이여. 뭔 소리가 들리지 않겠어? 문이 열리는 소리가 난 것도 같고, 사람 발소리도 들리고, 그릇이 달그락거리는 소리도 났는데 말이여……? 첨에는 꿈인가 했지 뭐여."
 천장에 붙어 있는 여덟 마리의 파리를 바라보고 있던 나는 처음에 노인이 무슨 말을 하는 것인가 했다. 노인이 같은 말을 다시 반복해 들려주고 나서야 겨우 노인의 말을 이해할 수 있었다. 노인의 말을 알아들은 나는 속으로 조금 놀랐다. 노인이 똑같은 내용의 이야기를 전혀 다른 방식으로 시작할 줄은 꿈에도 생각하지 못했기 때문이었다. 그러니까 노인은 내게 또 딸이 뭔가 훔쳐 갔다는 말을 꿈을 빌려 시작한 것이었다. 갈수록 노인의 말에 귀를 기울이지 않는 내 관심을 노인은 그런 식으로 이끌어 낸 거였다. … 노인의 목소리는 더욱 은밀해졌다.
― 「백합」, 126쪽

매일 반복되는 서사에 지친 아이를 어르는 할머니처럼 노인은

같은 스토리를 꿈이라는 새로운 서사적 플롯으로 재구성한다. 그러므로 노인은 재능 있는 이야기꾼이며, '나'는 어린 아이(또는 바람의 말을 배우는 소녀)가 되어 '구원의 서사'를 익히는 중이다.

> 노인은 지치지 않고 있었다. 노인의 나이는 구십하고도 두 살이었다. 사람이 백 년 가까이 살면 사람이 아니게 되는 건 아닌가 하는 생각이 들었다. 노인은 작은 들판 한가운데 혼자 살면서 딸을 도둑으로 만들 상상력만 기르는 것 같았다. 부모보다 잘 사는 자식이 부모의 것을 도둑질할 리 없다는 것을 알고 있는 상식적인 사람임에도 노인의 말에는 사실처럼 들리게 하는 중독성이 있었다. 노인의 말은 보지 않은 것도 마치 보았던 장면처럼 그려 보게 하는 힘까지 갖췄다.
> ―「백합」 131쪽

노인의 거짓말은 이토록 힘이 세다. 두 다리가 없는 장애인이며 치매를 앓고 있는 늙은 여성이라는 모든 약자의 조건을 갖추고 있음에도 불구하고 노인은 꿋꿋하게 생을 견뎌 내고 있다. 이야기가 바로 그 힘이라는 것을 '나'는 이해하지 못하지만 노인과 그의 큰딸인 '도둑년'은 그것을 이미 알고 있다. 그래서 갑자기 들이닥친 큰딸이 "야, 이 노인네야! 누가 도둑년이야, 누가?"(「백합」, 134쪽)라고 외치며 싸움을 걸어오는 것도 이미 노인과 큰딸 사이의 오래된 견딤의 방식임을, 아니 힘겨운 삶의 싸움을 이겨 내는 유쾌한 마법임을 익히 짐작할 수 있다.

  그러나 아직 이야기의 힘을 모르는 '나'는 기껏 남편과의 이혼을 들키지 않기 위해, 다른 여자와 살고 있는 남편을 병에 걸려 죽은 사람으로 만드는 정도의 상상력밖에 발휘할 줄 모르는 초보일 뿐이다. 노인이 매일 같은 스토리를 다른 서사 구성으로 만들 줄 아는 것과 달리 '나'의 상상력은 이제 막 걸음을 뗀 수준에 불과해서, 노인과 큰딸이 악다구니를 지르며 서로의 존재를 확인할 때도 어쩔 줄 모른 채 우두망찰하며 시간만 바라볼 뿐이다. '나'는 아직 이야기의 힘을 모른다. 상수도도 들어오지 않는 농지 한복판에서 도대체 어떤 힘이 노인을 끄떡없이 견디게 하는지, 왜 가사요양도우미에게 가사의 도움을 전혀 요구하지 않고 자신의 이야기를 들을 것을 요구하는지 '나'만이 모르고 있다. 노인에게 필요한 것은 일상의 도움이 아니다. 그런 일쯤이야 70년이 넘는 세월 동안 너끈히 해내고도 남았다. 홀로 남아서도 결코 외롭지 않았다. 노인에게 필요한 것은 말하기, 즉 이야기다.

  그러니 이은유 작가를 대신하는 인물들에게 필요한 것도 남편(남성)이라는 사회적 울타리나 생계를 꾸릴 수 있는 경제적 수단이 아니다. 그녀들에게도 필요한 것은 생계가 아니라 말과 글로 만들어진 이야기라는 울타리가 아닐까. 그러니 그런 그녀들이 때로는 통속적이고, 때로는 이기적이고, 때로는 타인의 감정에 공유하기보다는 자신의 감정에 타인들이 공감해 주기를 바라는 것도 이해가 가는 바이다. 거짓이든 상상이든 장애가 있는 구십 두 살의 치매 노인을 이토록 생생하게 살아 있게 하는 마법의 힘을 지니고 있다면, 작가가 창조한 인물들이 언젠가는 그녀 또는 나를 벗어나 다른 누군가가 될 수 있기 때문이다. 바람은 앞으로도 무수한 말들을 지상에 뿌릴 것이며, 바람과 공모하는 소녀와 거칠고 억센 노인처럼 그녀들도 언젠가는 스스로를 구원하는 이야기를 만들어 낼 수 있을 테니까 말이다.

3. 이중의 버려짐

악취를 풍기는 한 사내가 있다. 차가운 날씨보다 더 차가운 냉기를 품으며 사내는 누워 있다. 사내는 이곳에 오기 전 도시의 거리와 골목에서 먹고 자며 걸었다. 사내의 몸은 몇 개의 옷을 껴입었는지 알 수 없을 정도로 비대해서 얼굴과 손이 비정상적으로 작아 보였다. 도시의 사람들은 모두 이 사내를 본 적이 있었다. 곁눈질로 흘낏 훔쳐보고는 저만치 거리를 두고 지나쳤다. 사내의 옷은 사람들의 시선으로부터 자신을 보호하려는 방패였는지도 모르겠다. 한 여름에도 사내는 옷을 벗지 않아, 땀과 먼지가 뒤섞인 사내의 신체에서는 표현할 수 없는 악취가 풍겼다. 그렇게 사내는 도시의 거리와 골목에서 먹고 자고 걷다 겨울 어느 날 아침 이곳으로 실려 왔다. 피의 순환이 멈추고 신체가 차갑게 식은 후에야 사내는 거리를 떠날 수 있었다. 사내의 시체는 포르말린 용액에 담겨져 있다가 의과

대학 해부실습실의 카데바로 눕혀졌다. 학생들은 모두 사내를 알고 있을 것이다. 그들도 이 도시의 사람들이므로. 몇 겹의 옷을, 그러니까 몇 겹의 불안과 방어막을 벗겨 내자 거대한 몸뚱어리를 지닌 듯 보였던 사내의 몸은 뼈만 앙상하다.

> 나에게 옹색하게 생긴 자신의 유전자를 그대로 물려준 나의 아버지, 나의 어머니. 이 도시의 일원으로 살도록 하긴 했으나 삶의 대열에 제대로 끼어 살 수 있는 몸을 주지 못한 내 부모님의 모습은 떠오르지 않았다. 점점 생각이라는 것도 멀어져 가고 있었다. 몸이 얼어버린 뒤부터 통각이 느껴지지 않는 몸 또한 '나'라는 명칭으로부터 거리가 멀어졌다. 그런 내 이름도 사라져갔다. 누구도 내 이름을 불러 주지 않았고 나도 나를 불러 보지 않아서 잊어버렸던 내 이름은 처음부터 이 세상에 존재하지 않았는지도 몰랐다. 그러니까 이제 나는 그냥 뼈였다.
> ―「포르말린」, 155~156쪽

사내는 이름이 있으나 불리지 않는 존재였다. 사회의 '셈법에서 자기 몫을 부여 받지 못한 예외자'(랑시에르)였다. 도시의 일원이었으나 초대받지 못한 불청객이었다. 때문에 사내는 "'나'라는 명칭으로부터"도 "거리가 멀어졌"고 결국 소멸해 버리는 중이다. 메스를 들고 카데바의 피부를 베는 '오'라는 여성을 사내는 본 적이 있다. 아니 본 적이 있는 정도가 아니라 사내는 모텔들이 모인 거리에서

'오'를 여러 번 보았다. 매번 '오'의 상대는 바뀌었다. '오도 사내를 알아보았다. 그러나 "오와 마주칠 때마다 나는 모텔 앞 식당 음식물 쓰레기통에서 먹을 만한 것을 줍고 있었고 오는 그런 나를 풍경처럼 지나쳤"(「포르말린」, 152쪽)고, 지금도 메스를 긋는 '오'의 손길은 잔인할 정도로 냉정하다. 살아서도 죽어서도 사내는 '오'에게 단 한 번도 남자인 적이 없었다. 살아서는 거리의 불쾌한 풍경이었고, 죽어서는 성공과 인정을 위해 '오'가 자신의 실력을 증명해 보여야만 할 카데바에 불과했다. 그러니 사내의 신체는 지속적으로 버려지고 있었고, 사내와 같은 이름 없는 존재들은 지속적으로 사회로부터 벗겨지고 있는 중이다.

「포르말린」은 생명이 멈춰 버린 신체에서 떨어져 나온 한 행려병자의 영혼이 '벌거벗은 생명'(푸코)으로서의 자신의 존재를 객관적으로 확인하는 일인칭의 참담한 서사다. 오직 '먹는 구멍'으로서만 존재했던 사내의 입은 처음으로 '말하는 구멍'이 되었지만, 사내의 목소리로 서술되는 지금의 모습은 여전히 이름도 없어서 기증의 절차도 거치지 않고 해부실습실에 '제공된' 실습용 카데바라는 물질의 서사일 뿐이다. 결국 사내는 여러 개의 신체 부위로 나누어져 다시 포르말린 용액 속으로 해체되어 버린다. 그러니 작가의 목소리를 빌려 제공되는 사내의 이야기는 끝까지 사회의 구성원으로 기입되지 못하고 누락된 어느 초대받지 못한 자의 처절한 절규에 가깝다.

사내는 소설의 마지막 문장에서 "앞으로 따뜻한 빛과 바람을 받아 서서히 마모되어 갈 나는 여럿이었다."(「포르말린」, 163쪽)라는 독백을 마지막으로 남긴다. 물론 이 문장은 여러 개의 부위로 해체되고 잘리고 분류되는 자신의 신체를 지시하는 표현이지만, 앞으로도 여럿이라는 말은 왠지 그런 존재들이 앞으로도 무수할 것임을 암시하는 듯하다. 그도 그럴 것이 아무래도 1980년 오월의 광주의 참사를 배경으로 한 듯한 「모든 고양이의 이름은 다 나비다」에서도 사정은 다르지 않아서, 소설의 '케이'와 '나'는 독재 타도와 시민들의 궐기를 위해 '왕의 경찰'들의 눈을 피해 치밀한 준비를 하지만 결국 그들의 준비는 수포로 돌아가게 돼 버리고 만다. 그래서 이 소설의 '나'는 "젠장, 결국 나는 아무것도 되지 못했잖아."(「모든 고양이의 이름은 다 나비다」, 112쪽)라는 문장을 남기고 역사의 뒤안길로 사라져 버린다. 혁명을 준비했던 지하 조직의 그들은 역사의 페이지에 수록되지 못했다. 그래서 그들은 대부분 '케이', '유', '와이' 등과 같은 부정칭의 이름으로 불릴 뿐이다. 결국 그들은 피기도 전에 져 버린 꽃과도 같다.

지금 이 순간에도 자신의 자리 하나 자신의 이름 하나를 얻지 못해 경계의 바깥에서 도시의 골목을 채우는 수많은 청춘들이 있지 않은가. 포르말린에 담긴 행려병자의 신체가 아니어도, 혁명이라는 거대한 서사에 참여하는 삶이 아니어도, 일상의 삶에서 자신의 존재를 증명해 줄 명찰 하나를 걸치기 위해 떠도는 삶들이 많지 않은가. 창밖을 떠도는 안개들처럼. 그러니 이 두 편의 소설에 등장하는 인물들은 세계의 경계 안쪽에 있는 누군가로부터 초대받지 못하거나 버려졌다는 의미에서 앞서 언급한 그녀들의 서사와 공명하고 있다. 그리고 3년 전에 묶인 이은유 작가의 작품집에서도 이런 존재들의 이야기는 편재했다. 그러니 작가는 삶의 아픔을 겪는 와중에도 여전히 눈을 둬야 할 곳에서 눈을 떼지 않고 있었음을 확인할 수 있다.

4. 못다 한 이야기

미처 다 쓰지 못한 이야기를 간직하고 있는 작가가 한 명 있다. 남편과의 이혼 후 세상에 홀로 버려진 것만 같은 삶을 꾸역꾸역 살아내고 있는 그녀(「비파나무의 노래」의 김어진)는 일본의 후쿠오카로 가야만 한다. 그녀의 부모들이 오래전, 그러니까 일본이 조선을 빼앗은 그 시절 "나라를 빼앗은 나라"(「비파나무의 노래」, 47쪽)로 건너가 새로운 삶을 개척하기 위해 도달했던 곳이 바로 후쿠오카다. 그곳에서 그녀의 부모는 변함없이 가난한 삶을 살았겠지만, 해방 후 고향에 돌아와서도 여전히 "자신들의 집"을 가진 적이 없지만, 그녀도 남편과 헤어진 후 "집 없는 사람이 되었"(「비파나무의 노래」, 49쪽)으므로, 후쿠오카는 그녀 삶의 기원에 해당하는 곳이며 삶의 재출발을 위해서 마땅히 경유해야 하는 변곡점이므로.

> 그의 사랑이 내게서 거두어지고 이십 년 동안의 삶이 아무것도 아니게 되는 순간 결혼과 동시에 얻게 됐던 수많은 호칭은 물 위의 거품처럼 사라졌다. 아내, 작은엄마, 며느리, 형수, 질부 등.

그렇게 나의 모든 호칭이 사라지는 것과 함께 나는 집 없는 사람이 되었다. 결국 그의 집은 나의 집이 아니었던 것이다. 일본에서 돌아온 뒤부터 저 세상으로 갈 때까지 몇십 년을 살았지만 끝내 자식들에게 물려지지 못한 부모님의 집처럼.

— 「비파나무의 노래」, 49쪽

…… 목포는 내 부모님이 일본으로 가는 배를 탔다가 고향으로 돌아가기 위해 내린 곳이지 살았던 곳은 아니었다. 사실 나는 저렇게 예쁜 적산가옥이 아니라 긴 일자형 건물에 부엌 대신 토방이 딸린 방이 여러 개 들어 있는 후쿠오카의 집을 봐야 했다.

— 「비파나무의 노래」, 51쪽

그러므로 그녀는 이제 카페와 상점으로 포장되어 삶이 지워진 목포의 적산가옥이 아니라 후쿠오카의 그곳으로 가야만 한다. 그리고 그곳에서 아직 못다 한 이야기를 끝내야만 한다. 그래야 그녀는 이제 다시 시작할 수 있을 테니까. 삶이라는 말에 사람이라는 음운들이 숨겨져 있듯 이은유 작가의 서사에는 서걱거리는 아픔이 도사리고 있다. 그런 작가가 쓰지 못한 이야기가 하나 있다. 아마 그 이야기는 슬프지만 아름다울 것이다.

| 작가의 말 |

'작가의 말'을 모니터에 써넣고 나니 이런 순간마다 떠올릴 수밖에 없는 사람들이 또 어김없이 떠오른다. 돌아가신 어머니와 또……, 이렇게 말줄임표로 호명할 수밖에 없는 이름을 가진 사람들이. 「바람의 말」에서 쓰였던 말줄임표를 이런 식으로 차용하게 될 줄 몰랐다. 말줄임표가 백 마디의 말보다 훨씬 더 많은 말을 내포하고 있다는 것을 새삼 느낀다.

2017년에 나는 더위를 느끼지도 못한 채 여름을 나고 가을이 온 지도 모르고 가을을 맞이했다. 올해가 아니라 작년에 그렇게 힘들었다. 2017년에 나는 온 생애를 한꺼번에 몰아서 앓은 느낌이다. 이미 지나간 아픔까지 재생해서 앓은 것 같다. 온갖 회한과 후회와 반성과 자책과 한탄과 미안함과 죄스러움으로 나는 범벅이 되었다. 나는 잃어버린 것이 많고 놓쳐버린 것이 너무 컸다. 그게 무엇보다 어머니께 죄스러웠다.

아무리 그래도 후회는 후회대로 남고 자책 또한 여전하다.

이 소설집은 첫 번째 소설집 이후 삼 년 만에 펴내는 책이다. 또 소설집을 내야겠다고 생각했을 때 가장 먼저 떠오른 분은 문순태 선생님이었다.

「손」을 들고 선생님을 찾아뵈었을 때 선생님은 이렇게 나를 나무라셨다. 등단한 지가 언젠데 책을 이제 겨우 한 권 펴내고 있는 거냐고. 지금쯤이면 두세 권의 책이 나와 있어야 되는 게 아니냐고.

첫 번째 소설집을 낸 지 삼 년 만에 이렇게 책을 낼 수 있게 된 데는 선생님의 나무람이 컸다. 그날의 생오지 겨울 햇빛도 한몫했다는 것 또한 부인하지 못하겠다.

그동안 써놓은 글들을 다시 살펴보면서 한 번도 오직 글만을 위해 집중하지 못했던 시간들을 생각해보았다. 사는 것도 바쁘고 고단한데 왜 이런 걸 이렇게까지 붙들고 사나 한탄했던 시간들. 내가 어느 방향을 바라보고 가는지도 모른 채 우두망찰했던 시간들. 소설은 역시 내 능력 밖의 것이라고 자괴감에 빠졌던 시간들.

그럼에도, 여전히 소설을 손에서 놓지 못하는 이유는 무엇일까.

감히 말하자면 내게는 항상 숨을 쉴 수 있는 뭔가가 필요했는데 그게 소설을 쓰는 것이었다. 내게는 살면서 가슴속에 쌓인 것들이 내가 생각해도 많았다. 그러니 삭이지도 못하고 풀어내지도 못한 것들을 소설이라는 형식을 빌려 풀어야 했다. 지난봄에 제주의 본태미술관에 간 적이 있다. 그곳의 글자로 만들어진 동상이 나 같다는 생각이 들었다. 깊은 어둠에 비춰 보면 해야 할 말과 하지 않으면 안 될 말이 내 안에 아직도 잔뜩 쌓여 있는 것이 보인다.

그러니 나는 앞으로도 소설을 놓지 못할 것이다. 「바람의 말」의 아림이가 이제 세상에서 날아오는 많은 말들을 손바닥에 받기 시작했으니 이제 본격적으로 이야기를 해야 할 것이다. 「비파나무의 노래」의 김어진도 곧 후쿠오카를 다녀올 것이다.

그러니 이제 나는 나 자신에게 좀 더 집중해야겠다. 나 자신에게 좀 더 시간을 할애해야겠다. 굳게 닫혀 있는 생의 '현관문' 앞에서 쓰러진 소설 속 그녀들로 하여금 '현관문'을 열고 나가도록 해야겠다.

한 달의 시간을 확보할 수 있게 도와준 범현이에게 이 자리를 빌려 다시 감사한다. 고맙고 사랑한다.

아직 날것 같은 작품을 예쁘게 꾸며 주신 문학들에는 더 드릴 말씀이 없다.

모든 고양이의 이름은 다 나비다 이은유 소설집

초판1쇄 찍은 날 | 2018년 12월 21일
초판1쇄 펴낸 날 | 2018년 12월 26일

지은이 | 이은유
펴낸이 | 송광룡
펴낸곳 | 문학들
등록 | 2005년 8월 24일 제 2005 1-2호
주소 | 61489 광주광역시 동구 천변우로 487(학동) 2층
전화 | 062-651-6968
팩스 | 062-651-9690
전자우편 | munhakdle@hanmail.net
블로그 | blog.naver.com/munhakdlesimmian
값 12,000원

ISBN 979-11-86530-61-0 03810

· 잘못된 책은 바꿔드립니다.
· 이 책 내용의 전부 또는 일부를 재사용하려면
  반드시 저작권자와 문학들의 동의를 받아야 합니다.
· 이 책은 전남문화관광재단의 지역문화예술육성 문학지원사업으로
  지원 받아 발간되었습니다.

후원 전라남도 문화관광재단